Das Buch

Von Anbeginn der Zeit gab es ein Volk, dessen Name heute nirgends mehr zu lesen ist. Schon als sich die Ländereien und Meere formten, begann ebendieses Volk, all sein Wissen zu bündeln. Sie waren die Begründer und Erschaffer jener Magie, die längst in allen Welten Einzug gehalten hat. Um dieses Wissen zu schützen, übergaben sie es einem uralten Geschöpf, einem Adler. In ihm ruhte die Seele des größten Magiers, der jemals im Universum existierte. Der Prophezeiung zufolge hieß es, dass er sich nur zeigt, wenn die Not am größten ist. Niemand wusste genau, wann das sein sollte. Syrianna, einem einst unscheinbaren Mädchen wurde die Ehre zuteil, eine der Bewacherinnen des Adlers Salith zu sein...

Der Autor:

Uwe Balzereit, 1969 in Schwerin geboren, ist Vater von 3 Kindern und wohnt in der kleinen Stadt Güstrow in Mecklenburg Vorpommern. Inspiriert durch seine eigenen Lagerfeuergeschichten in Ferien- und Jugendfilmcamps brachte er die dort erzählten Abenteuer vom „Magierbund" nun zu Papier.

AF146302

1

Syrianna
Band I

Die Welt von Arida

Uwe Balzereit
2019

Einband: www.gregor-reisch.de
Lektorat und Satz: www.mandy-kommoss.de

www.magierbund.de

Bibliografische Informationen der Deutschen Nationalbibliothek.
Die Deutsche Nationalbibliothek verzeichnet diese Publikation in
der deutschen Nationalbibliografie, detaillierte bibliografische Daten
sind im Internet über dnb.dnb.de abrufbar.

TWENTYSIX- Der Self Publishing - Verlag
Eine Kooperation zwischen der Verlagsgruppe Random House
und BoD-Books on Demand

© 2019 Uwe Balzereit

Herstellung und Verlag BoD - Book on Demand, Norderstedt
ISBN 978 3740708832

INHALTSVERZEICHNIS

Für Jessica

ZURÜCK

Fauchend erlosch das magische Tor hinter Syrianna. Eben noch hatte sie neben Dylan gestanden und seine Nähe gespürt. Er fehlte ihr jetzt schon. Sicher kämpfte er bereits erbittert gegen Zoria und alles, was Arida bedrohte.

Heute, Monate nach ihrer Flucht aus den Südlanden, stand sie nun wieder im Hafen des Sandmeers und musste zurück nach Isir, um ihre Schwestern aus den Fängen von Gomar zu befreien.

Unzählige Schiffe mit unterschiedlichsten Flaggen lagen hier vor Anker. Die meisten von ihnen waren Handelsschiffe, aber auch Seestreitkräfte mit Soldaten und Kriegsgerät waren zu erkennen.

Nirgends konnte sie die Banner von Isir erkennen, zu ihrem Glück, denn ganz sicher waren Gomar genauso wie auch Königin Kisdra längst hinter ihr her. Zumindest sollte sie sich schleunigst um eine Überfahrt kümmern. Von Milad nach Isir waren es ebenfalls noch viele Wochen Wegstrecke und sie konnte keine Straßen benutzen, da sicher beide Königreiche sie dort suchen würden.

War dieses Unterfangen aussichtslos? Sie fragte sich, was Dylan an ihrer Stelle tun würde. Gern hätte sie ihn begleitet, doch die Rettung ihrer Schwestern duldete keinen Aufschub.

Ihre Begegnung mit dem Magier hatte vieles in ihr verändert. Syrianna war von einem Gefühl berührt worden, dass sie bis dato nicht kannte: Wunderschön und doch zugleich schmerzhaft.

Aber ihre Aufgabe hier war einfach zu wichtig, denn nicht nur die Zukunft der Länder Milad und Isir stand auf dem Spiel, sondern auch die von Arida und der restlichen Welt.

In ihre Überlegungen versunken bemerkte Syrianna nicht, dass sie vor einem Wirtshaus haltgemacht hatte. Zögernd trat sie ein.

Ein Hauch von abgestandenem Bier, faulem Essen und altem Schweiß schlug ihr entgegen. In der Ecke saß ein Barde und sang eher schlecht als recht alte Weisen. Eine Gruppe Matrosen stritt um den Gewinn eines Würfelspiels, die anderen Gäste saßen nur da und starrten mürrisch in ihren Bierkrug.

Sofort richteten sich alle Augen auf Syrianna. Sie tat, als bemerke sie es nicht, hielt auf den kleinen Tresen zu, an dem einigen Matrosen saßen und bestellte sich einen Becher Wein.

Der Soldat neben ihr beäugte sie lüstern. Nachdem Syrianna einen tiefen Zug von dem Wein genommen hatte, wandte sie sich ihm zu. Sie konnte seine Erregung spüren. Sein Atem stank nach billigem Bier. Angewidert trat sie noch etwas näher an ihn heran. Blitzartig, so schnell konnte niemand im Raum ihre Bewegungen nachverfolgen, schlug der Kopf des Mannes hart auf den Tresen auf und er sackte zu Boden. Syrianna drehte sich zurück zu ihrem Krug und tat, als sei nichts passiert.

Kurz darauf schwollen die Töne in der Schenke wieder an. Es wurde von vorn gewürfelt und erneut gestritten. Sie sprach zwei Matrosen an, die augenblicklich zusammenzuckten und sich von ihr abwenden wollten, nachdem sie das Geschehen von weitem beobachtet hatten.

»Hey, kommt, trinkt mit mir! Ich tue Euch schon nichts.« Dann bestellte sie Bier bei dem Wirt.

Zögernd wagten die beiden es, sich ihr zu nähern, nahmen das Bier und prosteten ihr zu. Samlin, ein Matrose, ungefähr um die zwanzig Jahre jung, fand den Mut, sie anzusprechen.

»Wer seid Ihr, Frau?«

»Mein Name ist Syrianna und ich suche eine Möglichkeit zur Überfahrt nach Milad. Ursprünglich wollte ich mich mit meinem Vater hier treffen, der ist aber offenbar schon ohne mich abgereist. Vermutlich standen wieder gute Geschäfte in Aussicht. Viel zu oft muss ich ihm allein hinterher reisen.«

Nun meldete sich auch der zweite Matrose Merin zu Worte. »Das trifft sich gut, Syrianna, wir fahren morgen nach Milad. Dort hinten am Tisch sitzt unser Kapitän. Wenn Ihr uns noch eine Runde ausgeben wollt, könnte ich mich für Euch einsetzen und ihn bitten, eine Passage für Euch einzuräumen.«

Syrianna nickte nur leicht etwas mit leicht grimmiger Miene. »Gut, dann soll es so sein. Geht zu ihm und meldet mich an!« Kurzerhand bestellte sie noch einmal dasselbe beim Wirt für die Männer.

Merin erhob sich daraufhin und eilte zu seinem Kapitän. Einen Moment lang diskutierten die beiden, dann nickte der Kapitän und Merin kam freudestrahlend an den Tresen zurück. »Ihr seid willkommen an Bord! Unser Schiff ist die „Area", eine schnelle Barke. Wir legen morgen noch vor dem Mittag ab. Seid also pünktlich. Die Überfahrt wird Euch fünf Goldstücke kosten und Ihr helft für die Dauer der Reise mit an Deck.«

Syrianna drückte Merin seinen neuen Krug Bier in die Hand und verließ ohne ein weiteres Wort das Wirtshaus. Sie hatte bekommen, was sie wollte.

Im Hafen suchte sie die „Area", legte sich in der Nähe hinter ein Bündel Taue, die hier zu Hauf lagen und schloss entspannt die Augen.

Am Morgen wurde sie unsanft geweckt. Zwei Hafenarbeiter stießen sie grob an. »Was lungerst du hier rum? Verschwinde oder ich hole den Hafenmeister und der bringt dich für den Rest des Tages in den Kerker!«

Schnell stand Syrianna auf und eilte zur „Area".
Hier wurde bereits alles für die Abfahrt
vorbereitet. Unzählige Stimmen gaben laute
Anweisungen und große Paletten voller Waren
wurden mit einem Kran verladen.

Am Heck des Schiffes konnte sie Samlin und
Merin ausmachen. Sie eilte zu den beiden
Männern und die führten Syrianna dann auf
direktem Weg zum Kapitän.

Dieser musterte sie stumm von oben bis unten.
»Du bist die Tochter eines Händlers?« Er
schüttelte den Kopf. »Du siehst eher aus, als
würdest du dich mit Männern umhertreiben
und hättest dich mit dem Wein vermählt.« Er
lachte schallend.

Wütend schaute Syrianna den Kapitän an. Der
jedoch hielt ihr nur einen Spiegel vor, in dem
ihr eine fast schon verwahrloste Person
entgegenblickte, die nur noch entfernt etwas
mit ihrem einstigen Aussehen gemein hatte.
»Verschwinde, reinige dich! So kann ich dich
nicht mitnehmen!«

Wenig später hatte sie sich gewaschen und ihre
Kleider in Ordnung gebracht. Zögernd klopfte
sie an die Kajüte des Kapitäns. Scharf rief er sie
herein und schaute dann von seinen Listen und
Karten auf. Sichtlich verwundert blickte er nun
genauer. »So so. Du bist tatsächlich dasselbe
Mädchen wie noch vorhin? So gefällst du mir
schon viel besser. Nun gib mir die fünf
Goldstücke für die Überfahrt.« Er streckte ihr

die Hand entgegen und wortlos ließ Syrianna die Münzen hinein gleiten. Prüfend blickte der Kapitän das Gold an, schließlich steckte er es in eine kleine Kassette auf seinem Tisch.

»Geh nach oben! Das Deck muss sauber sein vor der Ausfahrt!« Sofort vertiefte er sich wieder in seine Listen und beachtete sie nicht weiter.

Syrianna verstand, dass das Gespräch beendet war. Er war ein komischer Kauz, dieser Kapitän, aber ihr sollte das egal sein. Also ging sie ihrer Aufgabe nach.

Einige Stunden später trat der Kapitän aus seiner Kajüte, um die Leinen zu lösen. Er betrachtete das Deck und Syrianna, wie sie emsig das Holz schrubbte. Anerkennend nickte er ihr zu, dann verschwand er auch schon wieder.

Zusehends rückte die Küste von Arida in immer weitere Ferne und schließlich waren sie nur noch von Wasser umgeben. Möwen kreischten zwischen den Segeln und die Stricke und Taue knarzten laut, wann immer das Schiff durch die Wellen rollte.

Syrianna musste mit den anderen Matrosen unter Deck schlafen und ihr Schlafplatz glich einer einfachen Holzkiste. Genauso sparsam wie der Komfort unter Deck fiel auch das Abendmahl aus. Es gab nichts weiter als Zwieback und ein Stück getrocknetes Fleisch. Mit schmerzenden Knien kauerte sie sich nach dem Essen auf die Pritsche und schlief augenblicklich ein.

Die Zeit verging schnell. Jeden Tag derselbe Trott. Einer der Matrosen kam ihr einmal zunahe, was er daraufhin sichtlich bereute. Sein geschwollenes Auge und ein fehlender Zahn waren am kommenden Morgen auch allen anderen Beweis genug dafür, dass man sich mit Syrianna besser nicht anlegen sollte. Somit verlief die restliche Überfahrt für sie sehr ruhig.

Eines Nachts wurde sie wach, weil das Schiff stark wankte, während von draußen tosender Lärm zu vernehmen war, da wurden auch schon die Luke zu den Kojen aufgerissen und alle Gefolgsleute an Deck befohlen. Kurze Zeit später stürzte ein Schwall eiskaltes Wasser auf Syrianna herab, so dass sie kaum noch atmen konnte. Die „Area" lag schwer im Sturm.

Die Matrosen mussten in Windeseile die Segel bergen. Merin mühte sich mit zwei weiteren Männern ab, ein Sturmsegel zu setzen. Der Hauptmast, von dem noch immer nicht alle Segel eingeholt waren, ächzte unter der Windlast und gab ein gefährliches Knarren von sich.

Syrianna erkannte in den Augen der Besatzung, dass es nicht gut stand um das Schiff, als eine riesige Welle sie von den Füßen warf. Hart schlug sie gegen die Bordwand und sah gerade noch im Augenwinkel, wie zwei Matrosen über

Bord gingen. Bereits Sekunden später waren sie in der tosenden See verschwunden.

Jetzt vernahm sie auch die Stimme des Kapitäns, hörte, wie er Anweisungen brüllte. Mit einem langgezogenen Schrei fiel ein Mann aus den Rahen und schlug direkt vor Syrianna auf den harten Holzboden auf. Merkwürdig verdreht und mit offenen leeren Augen lag der Mann vor ihr. Blut sickerte zwischen die Planken.

Syrianna besann sich und beschwor alles, was sie gelernt hatte, herauf. Sie lenkte all ihre Kraft in das Schiff, welches sich daraufhin wie von Geisterhand so schnell vorwärts bewegte, dass jedes Stück Holz ächzte und stöhnte. Trotzdem ließ sie das Schiff immer schneller werden. Der Kapitän starrte sie mit aufgerissenen Augen an und verstand nicht, was hier mit seinem Schiff passierte. Brecher über Brecher überspülten sie, doch Syrianna hielt den Kurs und steuerte die schmale Barke durch das Unwetter.

Erst gefühlte Stunden später ließ der Wind endlich nach und sie wurden von warmem Regen empfangen. Dann brach der Mond durch die Wolken. Er beleuchtete das gesamte Schiff mit seinem fast blauen kalten Licht. Sie waren gerettet.

Völlig entkräfte ließ Syrianna von dem Schiff ab. Augenblicklich sackte der Bug wieder nach

vorn und sie trieben ruhig in der nun wider spiegelglatten See.
Sie schlief auf der Stelle ein und spürte gar nicht mehr, wie jemand sie mit einem Segeltuch bedeckte.

LAND IN SICHT

Mit schmerzenden Knochen und pochendem Kopf wachte Syrianna auf. Um sie herum standen der Kapitän sowie einige Matrosen. Erst verstand sie nicht, warum sie hier mitten auf dem Deck lag, dann aber kamen die Erinnerungen an den Sturm und daran, dass sie die „Area" aus dem Unwetter heraus gelenkt hatte.

Der Kapitän half ihr auf und reichte ihr etwas zu trinken. »Komm zum Mittag zu mir in die Kajüte! Wir haben zu reden.« Damit ließ er Syrianna stehen.

Alle machten sich wieder wie gewohnt an ihre Aufgaben an Deck, doch sobald Syrianna außer Sicht war, tuschelten die Männer und sie hörte nur noch Worte wie »Hexe«, »Unglück« oder »Tod«. Ein Großteil der ungebildeten Mannschaft hatte schlichtweg Angst vor Syrianna und die vielen Runen, mit denen ihre Haut bedeckt war, machten es nicht besser.

Syrianna aber störte all dies nicht. Sie ging ihrer Arbeit nach und zum Mittag klopfte sie, wie gefordert, an die Kajüte des Kapitäns.

Diesmal öffnete er selbst die Tür und ließ Syrianna eintreten.

In der geräumigen, aber auch niedrigen Kabine brannten jetzt Kerzen und ein Tisch war voll mit Speisen und einer glitzernden Karaffe Wein gedeckt. Freundlich bat er Syrianna, Platz zu nehmen. Ihr Auftritt in der vergangenen Nacht hatte offenbar Spuren hinterlassen und sie ahnte, dass er etwas von ihr wollte.

»Du bist eine Magierin?« Der Kapitän kam umgehend zur Sache.

»Nein, das bin ich nicht. Auch wenn ich ein paar wenige magische Fähigkeiten habe, um mich Magierin zu nennen, genügen sie nicht. Mein Vater hat auf seinen Reisen viele Bücher mit magischen Sprüchen erstanden und ich habe sie gelesen und einiges davon ausprobiert.«

Der Kapitän hob seinen Becher und prostete ihr zu. »Jemanden wie dich kann ich sehr gut gebrauchen hier auf meinem Schiff. Mit deinen Kräften könnten wir beide viel Geld machen und immer voll beladen über die Meere fahren. Denke darüber nach!«

Syrianna tat, als sei sie interessiert, obwohl sie mit Sicherheit niemals die Absicht hatte, auf dem Schiff zu bleiben. »Ich werde darüber nachdenken.«

»Ich nehme an,« der Kapitän sah ihr ernst in die Augen, »du weißt, was mit wilden Magiern in Milad geschieht? Es wäre doch sicher ein

Jammer, wenn Königin Kisdra und ihre Häscher von dir erfahren würden?«

Erschrocken blickte Syrianna auf. »Ihr droht mir?«

Der alte Seemann hob beschwichtigend und mit gespielter Abwehr die Hände. »Nein, nein! Das ist keine Drohung. Verstehe es als Hinweis und denk ganz in Ruhe über meinen Vorschlag nach. Es soll nicht zu deinem Schaden sein. Heute Nacht legen wir in Reawyn an. Bis dahin brauche ich eine Antwort von dir. Und nun geh! Unser Gespräch ist beendet.« Ruckartig stand er auf und verwies sie der Kabine.

Syrianna hatte sehr wohl verstanden, dass der Mann sie dazu benutzen wollte, seine Goldkisten prall zu füllen. In Gedanken spielte sie, kaum dass sie allein stand, einen Fluchtplan nach dem anderen durch. Auch wenn sie somit einen dritten Verfolger in Milad hatte, musste sie das Risiko eingehen.

Spät in der Nacht hörte sie die Glocke immer wieder dreimal schlagen, das Zeichen dafür, dass Land in Sicht kam. Leise wie eine Katze schlich sie sich an Deck. Es dauerte, bis sie am Horizont die Leuchtfeuer von Reawyn erkennen konnte.

Nach und nach kam Leben in das Schiff. Einige der Männer klettern die Rahen hoch, um die Segel zu raffen. Alles wurde bereit gemacht.

Syrianna nutze die Gunst der Stunde. Am Bug kroch sie auf den Fockmast und ließ sich an der Galionsfigur leise in das kalte Wasser gleiten. Dann stieß sie sich vom Rumpf des Schiffes ab und schwamm langsam, ohne das geringste Geräusch zu verursachen, in Richtung Land, immer mit einem Auge das Schiff und mit dem anderen die Leuchtfeuer beobachtend.

Langsam wurden ihr die Arme lahm. Sie schmerzten vor Anstrengung. Schon im Kindesalter hatte sie schwimmen gelernt und selbst als sie noch in Milad im Kisdras Palast war, war sie, wenn sie mit ihren Schwestern schwamm, immer die erste am ausgemachten Ziel. Dies hier aber war etwas völlig anderes. Sie spürte, wie die Strömung sie zurück ins Meer zog.

Auch die „Area" war kaum noch in der Dunkelheit zu erkennen. Syrianna ließ sich treiben, um Kraft zu sparen.

Gerade als sie Ausschau hielt nach den Leuchtfeuern bemerkte sie, wie sie im Wasser etwas berührte. Erstaunt versuchte sie zu erkennen, was das gewesen war, aber es war einfach zu dunkel. Dann wieder, jetzt stärker, wurde sie fast schon nach vorn geschoben. Etwas Großes stieß sie so heftig in die Seite, dass ihr kurz die Luft wegblieb. Panik kam in ihr auf. In diesen Gewässern lauerten Kreaturen, die schon ganzen Schiffe auf den Meeresgrund gezogen hatten. Sie nahm alle ihre Kräfte zusammen und schwamm in

Richtung Land. Doch Augenblicke später wurde sie erneut regelrecht im Wasser herumgeworfen. Syrianna verlor langsam den Mut, das nahe Land unbeschadet zu erreichen. Sie ließ sich wieder treiben und versuchte, sich auf das Wesen zu konzentrieren, das hier um sie herum schwamm.

Sie zitterte vor Angst und Kälte. Sollte sie wirklich die Beute eines Meeresungeheuers werden? Sie suchte im Wasser nach dem Tier. Ihre Gedanken riefen es. Dann! Plötzlich war es, als könnte sie unter Wasser sehen!

Sie beobachtete ihre Beine, wie sie im Wasser strampelten. Vor Aufregung schluckte sie etwas Wasser, beruhigte sich aber sofort wieder und konzentrierte sich. Immer wieder redete sie in Gedanken auf das Tier ein, sie in Frieden zu lassen und bedeutete ihm, dass sie nur an Land wollte.

Eine Antwort in Bildern durchströmte sie und die Sicht verschwand, als eine vom Tier ausgehende Welle sie traf, mit der es von ihr abdrehte und verschwand. Erleichtert atmete Syrianna auf. Sie war sich nicht sicher, was gerade tatsächlich passiert war, doch sie war sich sicher, dass sie auf irgendeine Weise mit dem Wesen gesprochen hatte. Davon angespornt, dem Tier entkommen zu sein, setzte sie nochmal alle Kräfte ein und schwamm Zug um Zug in Richtung Ufer.

Die Sonne ging auf. Die Brandung schob sie zwar immer und immer wieder in Richtung Land, allerdings waren hier nichts als schroffe Felsen, an denen sie sich verletzte. Wenn sie auch nur mit einer größeren Welle an eine der Klippen gestoßen würde, hätte sie das Land nicht lebend erreicht.

Immer auf der Hut und sich Stück für Stück von dem Gestein abstoßend schaffte sie es schließlich wie durch ein Wunder nahezu unbeschadet ans Ufer. Sie hatte sich mehrere kleine Schürfwunden zugezogen, doch waren diese nicht wirklich gefährlich. Ihre Beine zittern, als sie versuchte, sich aufzurichten. Ihre Energie war verbraucht. Mit letzter Kraft schlich sie in das vor fremden Blicken schützende kleine Wäldchen vor ihr. Hier schlief sie sofort an dem ersten Baum, den sie erreicht hatte, ein.

MALYN

Als Syrianna die Augen aufschlug, stand die Sonne bereits hoch am Himmel. Die vielen Blessuren, die sie sich beim Aufprall an den schroffen Felsen zugezogen hatte, waren nun mit einer blutigen Kruste bedeckt und ihre Kleidung an mehreren Stellen zerrissen. Erschrocken griff sie neben sich nach ihrer Tasche. Sie schien unbeschadet. Vorsichtig wickelte Syrianna das Ei aus der Tasche und untersuchte es auf etwaige Schäden, doch nicht eine einzige Schramme war auf seiner glatten, schwarz-bläulich schimmernden Schale zu erkennen. Geduldig folgte sie mit den Augen den vielen Linien, die das Ei umgaben. Es war, als folgte man einem Labyrinth. Sie spürte ein leichtes Pulsieren aus dem Ei und etwas gab ihr Kraft. Syriannas Schmerzen verebbten und fast augenblicklich fühlte sie sich frisch und erholt. Salith hatte sie geheilt! In Gedanken bedankte Syrianna sich bei dem Adler, bevor sie notdürftig ihre Kleider flickte.

Dann, leise und vorsichtig erforschte sie die Umgebung. Die Strömung hatte sie offenbar weit von ihrem eigentlichen Ziel abgetrieben und sie musste fast einen Tag von Reawyn weg sein. Allerdings dachte sich Syrianna, würde sich dieser Umstand auch nicht unbedingt nachteilig auswirken, denn so musste sie nicht durch die belebte Hafenstadt. Sie wusste, dass Isir in nordwestlicher Richtung lag und orientierte sich an der Sonne, während sie sich langsam einen Weg durch den angrenzenden Wald bahnte.

Syrianna ahnte, dass sie eine schwierige Reise vor sich hatte, um unentdeckt durch Milad zu kommen, denn auf Hilfe brauchte sie nicht zu hoffen. Sie kannte in Milad und auch in Isir niemanden, da sie und ihre Schwestern beinahe ihr ganzes Leben von der Welt und den Menschen ferngehalten wurden.

Sie ertastete das Gold und die wenige Münzen aus Arida in ihren Taschen und warf sie fort, denn damit hier zu bezahlen wäre einfach zu gefährlich. Das Gold hingegen konnte ihr helfen, Proviant und in der Not ein Dach über dem Kopf zu haben. Wie weit sie damit auskommen würde, wusste sie nicht.

Nach einigen Tagen abseits der großen Straßen und Wege kam sie an ein kleines Dorf. Direkt an einem kleinen Bachlauf erbaut standen die wenigen Häuser, deren niedrige weiße Mauern schon von weitem strahlten.

Syrianna schlich vorsichtig durch das Gebüsch und wäre fast über ein kleines Mädchen gestolpert, das eine Horde Gänse über die Wiese trieb.

Erschrocken starrte das kleine Mädchen sie an. Syrianna hockte sich hin und streichelte sanft über den Kopf des Mädchens. In Gedanken sprach sie dem Kind freundlich zu, dass es keine Angst zu haben brauche, sie nur ein hungriges Mädchen sei, das noch einen weiten Weg vor sich hätte.

»Wie ist dein Name?« Schüchtern und zurückhaltend antwortet das Kind leise: »Malyn. Malyn ist mein Name.« Syrianna lächelte. »Malyn, kannst du mir helfen und mich zu deiner Mutter oder zu deinem Vater bringen? Ich brauche ein Lager für die Nacht.« Malyn lief sofort los in Richtung des ersten Bauernhauses. Ihre kleinen Füße flogen nur so durch das kühle feuchte Gras. Sie drehte sich kurz um und winkte Syrianna zu, dass sie ihr folgen möge.

Wenig später standen sie vor einer noch nicht sehr alten Frau, der aber die tägliche schwere Arbeit deutlich in das vom Wetter gegerbten Gesicht geschrieben stand. Syrianna stellte sich höflich vor, bat um etwas zu essen und ein Nachtlager.

»Kannst du bezahlen? Wenn nicht, musst du mit anpacken und deine Forderungen abarbeiten!«, antwortete die Frau mürrisch. Syrianna beschloss, dafür zu arbeiten, denn hier würde ihr Gold sicher zu sehr auffallen und das wollte sie auf gar keinen Fall. Also tat sie bis zum Sonnenuntergang, was ihr aufgetragen wurde. Sie half auf dem Feld und im Stall.

Die Frau reichte ihr später eine Schüssel karge Suppe nebst einem Stück Brot und warf im Stall etwas Stroh in eine Ecke. »Hier kannst du schlafen. Frühstück bekommst du, sobald du die Kühe und Ziegen gemolken und auf die Weide getrieben hast.« Mit diesen Worten ließ sie Syrianna allein stehen. Diese tastete sich nun im Dunkeln vor zu dem Strohlager und stieß sich dabei an einem Balken, der ihr den Weg versperrte. Fluchend ging sie in die Knie und rieb sich den Kopf. Wieso hatte die Bäuerin ihr nicht wenigstens ein Licht dagelassen?

Ihr fiel etwas ein. In Gedanken sprach sie einen kurzen Zauberspruch und schon schwebte ein kleiner glühender Punkt vor ihrem Gesicht, der genügte, um das Lager auszuleuchten. Ihre Tasche mit dem Ei legte sie sich als Kopfkissen bereit und ihr großer Umhang würde als Bettdecke dienen.

Gerade als sie das Licht wieder löschen wollte, entdeckte sie plötzlich Malyn neben sich. Ihre kleinen dunkelbraunen Knopfaugen funkelten aufgeregt. »Bist du eine Zauberin oder eine Fee?«

Syrianna schmunzelte. »Nein, kleine Malyn, das bin ich nicht. Das ist nur ein Trick, den ich auf meinen Reisen gelernt habe. Komm, setz dich zu mir, ich zeige ihn dir!«

Malyn machte einen Schritt auf Syrianna zu, hielt dann jedoch abrupt inne. »Nein, besser nicht. Ich denke, dass Mutter das nicht gefällt und ich Ärger bekomme. Sie weiß nämlich nicht, dass ich hier bin.«

Syrianna legte verschwörerisch den Finger auf ihre Lippen. »Dann soll es unser Geheimnis bleiben.« Sie zwinkerte dem Mädchen lustig zu und schon saßen sie dicht nebeneinander.

Malyn blickte sie nun erwartungsvoll an und nach nur drei Versuchen gelang es ihr über sich selbst staunend, eine Leuchtkugel zu erschaffen. Auch Syrianna war beeindruckt. Malyn konnte höchstens sechs, vielleicht auch sieben Jahre jung sein, lernte aber unheimlich schnell. Immer und immer wieder ließ das Mädchen die Kugel verschwinden und wieder aufblitzen. Für sie war es ein Spiel und jedes Mal brach sie dabei in Gelächter aus vor Freude, was die Tiere im Stall mit lauten Rufen und unruhigem Getrampel untermalten.

Syrianna versuchte verzweifelt, Malyn zur Ruhe zu bewegen, denn ihre Mutter durfte doch von alldem nichts erfahren. Aber das Kind jauchzte und ließ sich kaum stören. Immer wieder blitze das Licht auf. Es wurde mit jedem Versuch heller und heller. Syrianna erschrak. Das konnte doch nicht sein! Woher nahm das Kind diese Kraft?

Sie zog Malyn an den Armen zu Boden und ihre Augen trafen sich in dem Licht der Kugel, die das Mädchen gerade wieder neu erschaffen hatte. »Kind, sei vorsichtig! Das ist kein normales Licht. Dieses Licht brennt wie das Feuer von Kerzen. Schnell kann etwas passieren und wir wollten doch, dass es unser kleines Geheimnis bleibt.«

Irritiert schaute Malyn zu der Lichtkugel, die noch immer über ihnen schwebte. Syrianna spürte die Kraft, die nun in dem Mädchen ruhte. Sie kannte diese Kraft und augenblicklich schweiften ihre Gedanken zurück nach Arida. Zu Dylan. Ja, Dylan hatte ähnlich starke Kräfte. In diesem Kind schlummerten demnach ebenfalls außergewöhnliche Fähigkeiten. Wenn man es lesen und schreiben lehrte und in Magie unterrichtete, würde Malyn eines Tages vielleicht eine sehr mächtige Magierin werden. Syrianna schauderte bei dem Gedanken an die möglichen Gefahren, wenn das Kind in falsche Hände geriet und für dunkle Zwecke benutzt wurde. Ein Plan keimte in ihr auf.

Malyn riss sie aus ihren Gedanken. »Syrianna! Hilf mir!«

Wie Syrianna befürchtet hatte, hatte einer der niedrigen Balken im Stall durch die Lichtkugel Feuer gefangen. Rauch breitete sich aus, die Tiere schlugen Alarm und das Mädchen versuchte panisch, den Zauber zu beenden. Aber die Kugel leuchtete nur noch stärker.

Schnell griff Syrianna ein. Sie zog Malyn wieder zu Boden. »Konzentriere dich! Atme! Denke an Wasser, an Kälte. Schnell!« Sie hatte noch gar nicht ganz zu Ende gesprochen, da war sie auch schon von oben bis unten durchnässt. Malyn hatte den Brand gelöscht. In demselben Moment stürzte ihre Mutter in den Stall und das Mädchen versteckte sich ängstlich und laut schluchzend hinter Syrianna.

»Was geht hier vor? Wieso machst du hier Feuer? Bist du denn von allen guten Geistern verlassen?! Und was macht meine Tochter hier?«

Sie trat auf Malyn zu und hob einen Knüppel, um auf das Mädchen einzuschlagen. Syrianna griff beherzt ein und hielt den Arm der Frau auf. »Es war allein meine Schuld, Frau! Ich habe das Feuer versehentlich entzündet. Malyn hat Wasser geholt und das Feuer gelöscht. Sie trifft keine Schuld und verdient es nicht, dafür geschlagen zu werden!«

Wütend schaute die Frau Syrianna an. »Die Kühe geben so verstört doch morgen keine Milch! Wer bezahlt mir den Schaden?«, schrie sie nun.

Malyn klammerte sich noch fester an Syriannas Kleid hinter ihren Rücken. Syrianna löste sanft ihren Griff und schob sie zu ihrer Mutter. »Sie war nur neugierig und wollte nach mir sehen. Es tut mir leid, was passiert ist.« Sie reichte ihr eines der Goldstücke. »Hier, nehmt das. Das sollte den Schaden ersetzen.«

Malyns Mutter schaute sprachlos und mit hochgezogenen Brauen erst auf das Gold, dann wieder zu Syrianna. »Nun gut. Bei Tagesanbruch aber bist du fort und kommst niemals wieder! Und du«, sie zeigte barsch auf Malyn, »wasch dich und geh in deine Kammer. Wir reden morgen!«

Sofort lief das Mädchen los, drehte sich nur noch einmal kurz zu Syrianna um, lächelte ihr zu und war dann verschwunden.

»Hast du verstanden? Niemals wieder!«, ereiferte sich noch einmal die Bäuerin, bevor sie ihrer Tochter folgte. Stumm nickte Syrianna ihr hinterher.

Noch bevor sich die ersten Vögel regten, sammelte Syrianna ihre Sachen zusammen und machte sich daran, das Dorf zu verlassen.

Auf ihrem Weg durch das niedrige Stalltor stieß sie auf Malyn. »Was tust du denn hier?«, fragte Syrianna erstaunt.

Wortlos umarmte das Mädchen sie und sprach in Gedanken zu ihr. »Danke, dass du mir geholfen hast. Ich werde dich niemals vergessen.«

Syrianna erwiderte lächelnd die Umarmung des Mädchens. »Ich dich auch nicht, kleine Malyn. Und wer weiß, vielleicht sehen wir uns ja schon bald wieder.« Sie schob den Riegel der alten Holztür beiseite und trat hinaus. Am Horizont zeichnete sich das erste Tageslicht ab und als sie sich noch einmal nach Malyn umdrehte, war das Mädchen verschwunden.

BEGEGNUNGEN

Lange noch nachdem sie die kleine Siedlung längst verlassen hatte, musste Syrianna an Malyn denken. Es war zwar keine Seltenheit, dass Kinder ein gewisses Maß an Magie entwickelten, das Talent dieses Kindes jedoch war außergewöhnlich. Ihr fiel die Geschichte von Zoria ein, die ebenfalls als gewöhnliches Bauernmädchen aufwuchs und dann zu etwas wurde, das den Frieden in ganz Arida gefährdete.

Ihre Gedanken wanderten weiter zu Dylan und Sven, den Zwergen und Kenlad. Ob sie wohl erfolgreich gegen Zoria gekämpft hatten? Lebte Dylan noch? Sie sehnte sich sehr nach seinen Umarmungen und den zärtlichen Küssen, nach seiner Art mit ihr zu reden. Aber sie konnte nicht bei ihm bleiben. Sie musste zuerst ihre Schwestern aus den Fängen des dunklen Herrschers retten.

Im Schatten von zwei riesigen Eichen machte sie Rast. Malyn hatte ihr Brot und Käse zugesteck und vermutlich würde sie den Knüppel von ihrer Mutter zu spüren bekommen, wenn diese davon erfuhr. Malyn hatte ein gutes Herz.

Eine Weile schaute Syrianna einfach nur in den Himmel und beobachtete zwei Adler, die ihre Kreise über ihrem Kopf zogen. Wahrscheinlich spürten sie die Anwesenheit von Salith.

Ihr als eine der auserwählten Schwestern würde er sich vielleicht zeigen und sie erwartete gespannt den Tag. Ihr ganzes Leben lang wurden sie darauf trainiert und musste lernen, zu verzichten. Sie hatte keine Kindheit wie Malyn oder andere Kinder, durfte aber Lesen und Schreiben lernen. Das war ein Privileg, keine Frage! Doch wie gern wäre sie mit den anderen Kindern einfach losgezogen und hätten die Gegend erkundet oder Spiele gespielt? Stattdessen lernte sie mit ihren Schwestern verschiedene Sprachen, kämpfen, Bogenschießen und andere Kampfsportarten. Sie wurden unterrichtet in der Geschichte von Salith.

Syrianna kannte Isir und Milad bisher nur aus Büchern und von den großen Karten, die im Palast von Kisdra in der großen Bibliothek hingen. Jetzt wo sie Milad mit eigenen Augen sah, erkannte sie, was sie versäumt hatte: Sei es das satte Grün der riesigen Wiesen, an denen sie vorbeigekommen war, oder die dichten Wälder, durch die sie schlich. Auch die kleinen Siedlungen waren ihr neu und ein Erlebnis. Syrianna spürte nicht wie sie einschlief.

Etwas näherte sich unbemerkt. Kaum größer als ein Zwerg, dafür aber viel schmaler, mit auffällig großer Nase und großen blauen Augen trat ein Wesen an Syrianna heran und betrachtete sie mit der rechten Hand auf einen Stock gestützt, der Ähnlichkeit mit einer langen Wurzel hatte.

Hin und wieder fasste es sich an den kurzen weißen Bart und machte dann mit seinem Stock eine einzige bogenartige Bewegung über Syrianna. Wie aus dem Nichts erschienen Bilder von Reitern, ein Drache, Zwerge und eine gigantische Festung. Aufmerksam betrachtete das Wesen all diese Bilder, bevor es das Ei, welches Syrianna mit sich führte, eingehender studierte. Ein leises Lächeln huschte über sein von Furchen und Falten übersätes Gesicht. Dann, mit einem weiteren Streich über Syriannas Haupt lösten sich die Bilder in Luft auf. Das Wesen murmelte etwas wie in einem Gespräch mit sich selbst in fremder Sprache, zeigte auf eine Stelle im Boden und war verschwunden.

Syrianna bekam von alldem nichts mit. Sie erwachte kurz darauf und wunderte sich nur über die Träume, die sie heimgesucht hatten. Ihr war, als hätte sie die ganze Geschichte der letzten Monate nochmal durchlebt. Syrianna schüttelte die Gedanken ab, schalt sich selbst für die leichtsinnig ungeschützte Rast und machte sich wieder auf den Weg. Auch wenn die Sonne bereits tief am Himmel stand, würde sie noch ein gutes Stück vorankommen.

Am frühen Abend betrat sie einen dichten Wald. Der Duft von trockenem Laub und dem Harz der Nadelbäumen stieg ihr in die Nase. Nach wenigen Schritten hinein empfing sie eine unheimliche Ruhe. Nur gelegentlich hörte sie das Knarzen der Bäume, die sich im Wind aneinander schmiegten. Ein Specht bemühte sich um Würmer im Holz und vereinzelt konnte sie das Wild ausmachen, das sich durch kleine brechende Äste im Unterholz verriet. Einige der Bäume waren so groß und breit, dass Syrianna sie nicht einmal umarmen konnte. Tiefer im Wald verschwand das schon abnehmende Tageslicht noch weiter, sodass sie beschloss, sich ein Nachtlager zu suchen. Eine Höhle oder auch nur ein umgekippter Baum würden ihr völlig genügen. Kaum hatte sie diesen Gedanken zu Ende gedacht, spürte sie, wie erste Regentropfen durch das dichte Blätterdach drangen. Eilig suchte sie nach einem Unterschlupf, doch schon bald rann das Wasser nur so an ihrem Rücken herunter, dass es ihr eine Gänsehaut bescherte. Kälte stellte sich ein und mit zitterndem Körper suchte sie angestrengt die kaum noch beleuchtete Gegend ab. »Da! War da ein Licht?«, sprach sie zu sich selbst.

Sie dachte schon, ihre Augen hätten ihr einen Streich gespielt, als sie es erneut sah. In der Ferne zwischen den Bäumen blitze immer wieder ein kleines Licht auf. Entschlossen hielt sie darauf zu. Tiefe Löcher im Boden und ausladende Äste versperrten ihr den Weg und machten das Weitergehen in diesem Halbdunkel sehr gefährlich.

Plötzlich erlosch das Licht vor ihr. Syrianna fluchte laut. »Das war doch eben noch hier! Was zum...« Dann stieß sie sich an etwas, das sich nach einigem Tasten mit den Händen wie eine Holzwand anfühlte. Sie besann sich und wob eine ihrer kleinen Lichtkugeln.

Sie stand vor einer Hütte! Aus ihrem Inneren drang kein Licht hinaus, aber sie war sicher, sich den Schein nicht nur eingebildet zu haben. Ihre Hände ertasteten einen Riegel und sie schob ihn zaghaft beiseite. Mit einem leisen Quietschen öffnete sich die alte verzogene Holztür der Hütte.

Es roch muffig nach abgestandener Luft. Der einzelne Raum, den sie nun betrat, war spärlich mit etwas Stroh in der Ecke und einem kleinen, aus Holzbohlen gefertigtem Tisch neben einer kargen Feuerstelle eingerichtet. Mehr hatte der fensterlose Raum nicht zu bieten, aber es war trocken.

Syrianna entdeckte eine große Talgkerze, ließ eilig ihre Lichtkugel über den Docht schweben und entzündete so die Kerze. Nun konnte sie sich richtig umsehen, fand jedoch noch immer keine Erklärung dafür, woher das Licht gekommen war, das sie gesehen hatte.

Die Feuerstelle war kalt. Hier brannte schon lange kein Feuer mehr, aber daneben war genügend trockenes Holz gestapelt. Somit entfachte sie in dem kleinen Ofen die Flammen und fand Kräuter für einen heißen Tee, der gegen die Kälte half. Sie entkleidete sich und hing ihre Sachen zum trocknen auf. Wenig später hockte Syrianna vor dem Ofen und schlürfte an ihrem heißen Becher. Auf einer alten Pferdedecke auf dem Strohlager nickte sie schon bald ein.

Kaum dass sie eingeschlafen war öffnete sich die Holztür und der kleine Mann von heute Mittag trat lautlos in die Hütte. Abermals hob er seinen Stab über Syrianna und abermals erstrahlten viele verschiedene Bilder, die er studierte.

Nachdem er die Bilder hatte wieder verschwinden lassen und bevor er dieses Mal ging, ließ er noch einen Laib Brot, Speck und Käse sowie einige trockene Kleidungstücke zurück, in deren Taschen es laut klimperte. Dann schrieb er mit dem Stab ein Symbol und löste sich in Luft auf.

Ausgeruht wachte Syrianna auf. Erstaunt riss sie die Augen auf und blickte auf all die Sachen, die vor ihr lagen. »Träume ich? Woher kommt das alles?«, murmelte sie verwundert. Sie untersuchte die Kleider, legte sie eilig an und trat dann mit dem Proviant in den Händen hinaus vor die Tür und ging ein paar Schritte.

Von dem geheimnisvollen Gönner aber war keine Spur mehr zu sehen.

Durch das dichte Laub brachen erste Sonnenstrahlen und eine Vielzahl Vögel sangen laut in den Zweigen der Bäume. Das schlechte Wetter der vergangenen Nacht war einem strahlenden Morgen gewichen.

Lange noch grübelte sie, woher die Sachen gekommen waren und weshalb ihr wiederholt dieser Traum von allem, was in Arida geschehen war, nachhing. Vermisste sie Dylan so sehr, dass sie so intensiv von Arida träumte?

Syrianna riss sich aus den Gedanken. Vor ihr war der schmale Pfad, dem sie gefolgt war, verschwunden. Leise mit sich selbst schimpfend ging sie den Weg zurück. Bis zur Hütte konnte es ja nicht weit sein, doch sie irrte zwei/dreimal umher und schlug jedes Mal eine neue Richtung ein. Die Hütte war nicht zu sehen. Es schien fast, als habe der Erdboden sie einfach verschlungen.

Dann erkannte sie den Weg wieder, auf dem sie hergekommen war. »Irgendetwas geht hier vor, nur was?«, fragte sich Syrianna. Sie folgte dem Pfad bis in die Abendstunden hinein ohne einer einzigen Menschenseele zu begegnen oder auch nur das Ende des Waldes zu erkennen.

Während das Sonnenlicht verschwand, wurde es bitterkalt und sie wünschte sich in die gestrige Wärme des Feuers zurück. Kaum hatte sie diesen Gedanken gedacht, erblickte sie eine Hütte. Rauch stieg aus dem Schornstein und Licht drang durch die Ritzen der Holzplanken. Syrianna rieb sich die Augen und schüttelte verwundert den Kopf. Irgendwer trieb hier doch einen Scherz mit ihr? Zaghaft klopfte sie an die schiefe Holztür.

»Tritt ein, Syrianna!«

Woher kannte man hier ihren Namen. Waren das die Häscher von Milad oder Isir? Vorsichtig duckte sie sich, griff nach einem schweren Stock, drückte ihn gegen die Tür und trat dann in den kleinen Raum. Ihr Herz klopfte bis zum Hals und sie hatte Angst, Angst davor, dass es sie verraten könnte, weil es so laut schlug.

Vor ihr saß ein alter, kleiner Mann, dessen wachsame, aber freundlich dreiblickende Augen jeder ihrer Bewegungen folgte. Auf seinem Schoß lag ein knorriger Stab. »Komm herein, Mädchen! Ich habe dich bereits erwartet. Hab keine Angst!«

Zögernd trat Syrianna weiter in den Raum. »Wer seid Ihr? Woher kennt Ihr meinen Namen?«

»Ich bin Areidon. Ich gehöre zum Volk der Dwilish und begleite dich schon eine Weile auf deinem Weg.«

»Dann wart Ihr es, der mich in die Hütte gelockt und mir neue Kleider und Brot gebracht hat?«

Areidon nickte freundlich. Syrianna hatte noch nie einen Mann gesehen, dessen Gesicht so faltig war, dass es der Rinde einer Eiche ähnelte.

»Aber ich kenne Euch nicht und von dem Volk der Dwilish habe ich auch noch niemals gehört. Warum helft Ihr mir?«

Beschwichtigend zeigte Areidon mit seinem Stab auf Syrianna. »Setz dich doch erst einmal, Mädchen. Wir wollen etwas essen und trinken, dann können wir reden.« Mit diesen Worten erschienen auf dem Tisch wie von Zauberhand gebratenes Fleisch, in einer Schüssel dampfendes Gemüse und leuchtend roter Wein in einer Karaffe. Syrianna staunte. Eine magische Formel, die solches vermochte, kannte sie sie nicht. »Ihr seid ein Magier?«

Areidon schüttelte langsam den Kopf. »Nein, kein Magier, sondern- wie schon gesagt - ein Dwilish. Wir sind Naturwesen. Die Kräfte der Natur und der Elemente sind in uns vereint. Wir bewegen uns dort, wo du nicht hinsehen kannst, weil du es verlernt hast. Einst, vor tausenden von Jahren lebten wir Seite an Seite mit Völkern wie deinem, aber Habsucht und Machtgier haben uns voneinander entfernt. So haben wir beschlossen, für uns allein zu Leben. Doch manchmal suchen wir den Kontakt zu euch Menschen und meine getroffene Wahl scheint nicht falsch zu sein bei dem, was ich bereits alles über dich und von dir erfahren habe.«

Syrianna schaute Areidon ungläubig an. »Wir kennen uns doch gar nicht. Ich habe noch nie mit Euch geredet, wie könnt Ihr also etwas von mir wissen?«

Areidon kicherte leise. »Ja, das ist die Welt in der wir leben. Für uns ist es leicht, Menschen in ihren Träumen zu besuchen und darüber auch mit euch zu kommunizieren. Durch die Träume, die du mir gezeigt hast, habe ich erfahren wer du bist und was du suchst. So wie wir es alle eintausend Jahre einmal tun, habe ich daraufhin beschlossen, dir zu helfen. Dich habe ich also dazu erwählt, in dieser Welt etwas zu verändern. Außerdem trägst du etwas in dir, was dich mit der Welt und der Natur verbindet, ohne dass du es bewusst wahrnimmst. Es gibt nur wenige deiner Art, in denen dieser Funke schlummert. So! Nun aber genug der vielen Worte. Erst einmal wollen wir speisen, dann erkläre ich dir alles.«

Syrianna verstand gar nichts mehr, platze aber fast vor Neugeierde. Schnell schlang sie ihr Essen herunter und wartete darauf, dass der Alte endlich anfing, ihr zu sagen, weswegen gerade sie von ihm auserwählt wurde und zu welchem Zweck.

Es dauerte fast die halbe Nacht. Syrianna hörte heute zum ersten Mal von den Dwilish und wie es um das Volk stand. Nie hatte jemand ihr während ihrer Ausbildung von ihnen erzählt. »Wenn sie doch schon so alt und einst mit den Menschen verbunden waren, weshalb wurden sie verschwiegen?«, fragte sich Syrianna lautlos.

Areidon riss sie aus ihren Gedanken. »Kind, kommt her, ich will dir mehr von unserem Volk zeigen. Er deutete auf das Strohlager in der Hütte. »Leg dich hin, schlafe! Und nimm dies.« Er reichte ihr eine kleine, sonderbar geformte Figur. Sie stellte eine dicke Frau dar, die wie Syrianna selbst mit Runen übersät war.
Verwundert blickte sie Areidon an. »Was ist das?«
Der Dwilish schüttelte nur den Kopf. »Nimm sie und leg dich schlafen. All deine Fragen werden beantwortete, hab Geduld!«
Syrianna schloss die Augen und schon wenig später sank sie in einen tiefen Schlaf.
Sie fand sich auf einer großen Waldlichtung wieder. Verwundert schaute sie sich um. Eben noch war sie mit Areidon in der Hütte gewesen, nun hier. Jemand zerrte an ihrem langen Mantel und als sie herabschaute erkannte sie Areidon. Er stand lächelnd vor ihr. »Nun bist du in meiner Welt, komm!«
Er zog sie hinter sich her. Ihr war, als ob die riesigen Eichen rundum sie anstarrten und schüttelte den Gedanken hastig ab. Bäume hatten keine Augen!

Vor ihr erstreckte sich nun ein Dorf, fast schon eine kleine Stadt. »Das ist Zeki, meine Heimat. Hier lebe ich schon seit sehr langer Zeit. Es gibt größere Orte, Zeki ist sehr klein. Komm, ich stelle dir meine Familie vor.«

Areidon beschrieb einen Halbkreis im Boden. Von Rauch umhüllt stand Syrianna kurz darauf inmitten eines niedrigen Raumes.

Eine gedrungene alte Frau hielt augenblicklich laut schimpfend auf Areidon zu. »Du Dummkopf! Was hast du dir dabei gedacht, uns alle in Gefahr zu bringen! Du weißt doch genau, dass es verboten ist, den Menschen diesen Ort zu zeigen!«

Areidon hob beschwichtigend die Hände. »Ach Fefeene, du übertreibst! Schau doch erst einmal hin, wen ich da mitgebracht habe!« Er zog seine Frau am Ärmel ihrer Jacke herbei. »Sieh! Erkennst du die Runen?«

Fefeene wurde plötzlich sehr still. »Salith.«, flüsterte sie leise, »Salith, der letzte seiner Art! Dass ich das noch erleben darf...«

Syrianna verstand nicht, wovon die zwei dort sprachen. »Areidon, erklärt mir doch bitte, was los ist!«

Fefeene wandte sich Syrianna zu. »Komm näher, Kind, ich werde dir alles erklären. Komm mit mir in den Salon, dort ist mehr Platz für uns.« Fefeene trippelte auf ihren kleinen Füßen durch den Raum voraus. »Und du,« sagte sie den Finger auf Areidons Brust zeigend, »du sollst uns Tee bereiten. Und vergiss diesmal den Zucker nicht!« Murrend machte sich Areidon daran, Wasser zu erhitzen.

»Setz dich, Mädchen!« Fefeene machte eine einladende Geste. Der »Salon« war zwar nicht viel größer als der erste Raum in dem Haus, allerdings um einiges höher, so dass Syrianna sich nicht mehr bücken musste. Sie setzte sich in einen der großen weichen Sessel, die hier in Vielzahl standen und schaute sich um.

An einer Wand erblickte sie eine riesige dunkelbraune Feder und riss vor Erstaunen den Mund auf. Leise begann Fefeene zu erzählen.

»Als ich noch jung war, war in jeder Familie ein solcher Adler zu Hause. Wir alle waren einst Freunde, Verbündete und lernten stetig voneinander. Dann aber wurde unser Volk von den Menschen verdrängt und unser Wissen von ihnen gestohlen. Die Adler wurden gegen uns eingesetzt und wir führten einen erbitterten Kampf gegen die Menschen. Der Urahn vom dunklen Herrscher Gomar, dem wir das Geheimnis um die Adler anvertraut hatten, war es, der uns verriet. Er war blind vor Machtgier, als er uns hinterging. Er ließ fast alle Adler töten, danach diejenigen, die um das Geheimnis wussten. Er ließ die eigenen Reiche von den Adlern angreifen und gab uns die Schuld. Nirgends mehr war unser Volk sicher, denn jeder dachte nun, dass wir die alleinige Schuld an allem Übel trugen. Also zogen sich die Dwilish zurück in diese Zwischenwelt. Seitdem halten wir uns bedeckt. Doch alle eintausend Jahre schauen wir nach dem wahren Träger der Kraft, dem Funken und Ei des letzten Adlers.«

Syrianna brauchte einen Moment, um das Gehörte zu verarbeiten. Dann fiel ihr etwas ein. »Aber laut der Legende sind drei Schlüssel notwendig, um das Ei zu öffnen und den Adler zu befreien.«

Fefeene nickte bejahend. »Das ist richtig. Es braucht Schlüssel, wie du einer bist. Doch nur du bist diejenige, die auch den Funken trägt und die Kraft innehat. Ohne dich würde sich Salith niemanden zeigen. Ich kann ihn sehen. Ich sehe den Adler in deinen Augen und in deiner Seele.«

Syrianna schaute Fefeene ungläubig an. »Sagt mir doch bitte von welcher Kraft und welchem Funken Ihr da redet, Frau.«

Geduldig beugte sich Fefeene vor. »Kind, wir sind Naturwesen. Wir ziehen alle Kraft, die wir haben, aus der Natur und geben sie auch der Natur wieder, so dass immer ein Gleichgewicht bestehen bleibt. Menschen sind nicht in der Lage, diese Art von Magie zu benutzen. Doch es gibt Ausnahmen und du bist eine solche Ausnahme. Tief in dir schlummert ein Funken der Naturmagie der Dwilish. Areidon ist manchmal ein Narr, hatte aber bei dir den 'richtigen Riecher', wie ihr Menschen zu sagen pflegt.«

Jetzt fröstelte es Syrianna leicht. Ihre Gedanken überschlugen sich. Sie war ein Schlüssel, um Salith zu befreien und dazu bestimmt, das Ei zu beschützen, wenn nötig ihr Leben dafür zu geben. Aber eine Magierin? Nein, das war sie nicht. Während ihrer Ausbildung damals wurde immer wieder betont, wie kümmerlich ihre magischen Fähigkeiten waren, und nun sollte sie eine längst vergessene Kraft in sich tragen? Stärker sein als alle Magier, die sie kannte? Ihr kam Malyn in den Sinn. Ja, Malyn hatte die Kraft, nicht sie. Es musste ein Irrtum sein. »Fefeene, Ihr müsst Euch irren. Ich bin nur ein Werkzeug, nicht mehr und nicht weniger.«

Fefeene rückte etwas dichter. Sie drückte ihre kleine Hand in die von Syrianna. »Schau her!«

Die Dwilish beschrieb mit einem Stab ähnlich dem Areidons schwungvoll die Runen, die Syrianna auf dem Arm trug, in die Luft. Diese lösten sich scheinbar vor ihr auf und fügten sich wieder zusammen zu neuen Zeichen. Es entstand eine Schrift, die Syrianna noch niemals gesehen hatte.

»Also gut, Kind, gib acht! Es könnte etwas schmerzhaft werden, doch ich bitte dich, mir zu vertrauen!«

Syrianna nickte nur zögernd, bevor Fefeene den Stab erneut über die Zeichen kreisen ließ und etwas in fremder Sprache murmelte.

Syrianna spürte, wie sie sich erhob ohne sich zu bewegen. Sie schwebte. Dann durchfuhr sie etwas, das sich anfühlte wie ein glühendes Schwert und sie schrie auf. Aller Kraft beraubt kippte sie nach von auf den weichen Teppich und blieb dort reglos liegen.

»Syrianna! Syrianna! Steh auf! Du hast die Kraft! Steh auf!« Immer und immer wieder rief diese Stimme wie von ganz weit entfernt. »Steh auf! Ich, Salith, der letzte magische Adler befehle dir aufzustehen! Einst gab ich dir meine Kraft und du wurdest von mir dazu auserwählt, dem Volk der Dwilish die Rückkehr in deine Welt zu ermöglichen. Du bist der Schlüssel und das Bindeglied zwischen beiden Völkern. Jetzt erhebe dich und nimm das Geschenk an, welches ich für dich vorgesehen habe!« Der letzte Satz donnerte wie ein Sommergewitter in ihren Ohren. Sie schlug die Augen auf.

Neben ihr in einem Ofen brannte ein Feuer. Auf dem kleinen Tisch standen frisches Brot, Käse und Wasser. Der Schmerz, dem sie eben noch erlegen war, verebbte allmählich und als sie sich vorsichtig aufrichtete, rollte eine kleine Figur aus ihrer Hand.

Als sie sich erinnerte, sprang sie schlagartig auf und blickten sich überall nach Areidon um. Sie stand allein in der Hütte.

Sie blickte an sich herab. Alles, was sie erlebt hatte, war kein Traum gewesen! Ihre Runen waren noch wie von Fefeene verändert.

Hektisch tastete sie nach dem Ei. Es war noch da, doch was war das? Sie konnte in das Ei hineinschauen und sah einen Adler, der auf dem Gipfel eines Felsens saß. »Bald, Syrianna, schon bald sehen wir uns. Sei standhaft und lerne!« Das Bild verblasste. Kurz darauf hatte das Ei seine ursprüngliche Obsidian-Farbe wiedererlangt und die unendlichen Linien zogen gewohnt ihre Bahnen über die Schale.

Nachdem sie sich gestärkt hatte, nahm sie die Tasche mit dem Ei und vergrub diese hinter der Hütte am Fuße einer der unzähligen großen Eichen. Desto weniger Gepäck sie mit sich führte, umso weniger würde sie auffallen. Gegen Mittag machte sie sich wieder auf den Weg in Richtung Isir. Sie musste ihre Schwestern retten. Erst danach würde sie zurückkehren und das Ei holen.

Durch das dichte Blätterdach der Bäume drangen erste Regentropfen zu Syrianna durch, doch sie ließ sich davon nicht beirren und ging immer weiter einen schmalen Pfad entlang, der offenbar sehr selten benutzt wurde. Der Wald erschien ihr unendlich groß. Den ganzen Tag über war sie keiner Menschenseele begegnet.

Ab und an kreuzte ein Reh ihren Weg und verschwand dann wieder scheu im Unterholz. Erst als ihre Beine schmerzten und der Magen vor Hunger grollte, machte sie Rast.

Mit dem kurzen Wink ihrer rechten Hand entfachte sie ein kleines Feuer. Irritiert hielt sie inne. Wieso konnte sie das auf einmal? Ein wenig Licht schon, aber sofort ein Feuer erzeugen? Es konnte nur an der Begegnung mit Fefeene liegen.

IN GEFANGENSCHAFT

Ihre Arme und Beine waren gefesselt. Syrianna spürte, dass sie sich nicht bewegen konnte. Dies war wieder einer dieser merkwürdigen Träume, die sich scheinbar in ihr Unterbewusstsein gruben, seitdem sie Fefeene begegnet war. Doch dieser Traum war außergewöhnlich.

Als sie einen Schlag in die Seite bekam und nach Atem ringen musste, schlug sie erschrocken die Augen auf. Es war kein Traum! Nein, man hatte sie geknebelt und an einem Baum gebunden.

Ein Soldat hockte am Feuer und ein zweiter stand direkt neben ihr und grinste sie lüstern an. Sie trugen die Uniform von Milad.

»Morgen schon werde ich meine Belohnung für dich bekommen und du wirst leiden, Verräterin!« Verächtlich spukte er neben Syrianna aus und schritt zu seinem Kameraden ans Feuer. »Zu schade, dass so ein hübsches Weib in die Folterkammer von Königin Kisdra gebracht werden muss.«

Der andere Soldat, etwas älterer, schlug dem jüngeren mit der Hand auf dem Kopf. »Dummkopf! Willst du etwa auch an den

Galgen? Lass die Finger von der Frau! Hier! Iss lieber etwas und dann übernimmst du die erste Wache!«

Syrianna überlegte fieberhaft, wie sie sich befreien könnte, aber sie war so eng zusammengeschnürt, dass keinerlei Bewegung möglich war. Die beiden hatte ganze Arbeit geleistet. Sie musste sich der Situation wohl ergeben. Zumindest würde sie auf diese Weise in sicherem Geleit bis zum Palast von Königin Kisdra kommen. Ein nur schwacher Trost! Stundenlang schalt sie sich noch selbst dafür, dass sie dermaßen unachtsam war, bevor sie einschlief.

Unsanft wurde sie von den Soldaten geweckt. Es dauerte einen Moment, bis sie begriff, wo sie war. Nachdem man sie von den Fesseln befreit hatte, musste Syrianna ohne Essen und Trinken den langen Marsch zum Palast von Königin Kisdra antreten.

Sie ahnte, was sie dort erwartete. Kisdra wollte das Ei und die Schwestern haben, um Macht über Isir zu erlangen und den dunklen Herrscher Gomar zu stürzen. Entweder Syrianna fand eine Möglichkeit, Kisdras Häschern zu entkommen, aus dem Palast zu fliehen oder es würde hier für sie enden.

Keiner der Soldaten sprach mit ihr. Niemand, der ihr vielleicht hätte helfen können, kam ihnen auf dem Weg in den Palast entgegen und außerdem griff man Soldaten von Milad nicht an, denn das würde den sicheren Tod bedeuten.

Erst als sie am späten Abend rasteten, bekam Syrianna Wasser und etwas Brot, bevor sie erneut an einen Baum gebunden wurde.

Am Mittag des nächsten Tages erreichten sie das Ende des Waldes. Geblendet vom grellen Licht der Sonne kniff Syrianna die Augen zusammen. Sie kannte die Gegend. Sie waren am Ziel. Der prächtige Palast von Königin Kisdra ragte vor ihnen auf.

Gigantische Zinnen mit goldbedeckten Türmen aus weißem Marmor ließen den Berg, aus dem der Palast geschlagen war, fast dunkel erscheinen. Mühsam musste man ein riesiges Plateau erklimmen, um in den Palast zu gelangen, was ihn nahezu uneinnehmbar für den Feind machte und das wusste die Königin. Seit vielen Tausenden von Jahren trotzte der Palast erfolgreich jedem Angriff.

Kaum hatten sie den Palast betreten, wurde Syrianna der Königin vorgeführt. Mit geschundenen Füßen von dem Geröll auf dem Weg und blutigen Einschnitten von den Fesseln wurde sie von den Soldaten regelrecht vor den Thron der Königin gestoßen.

Syrianna rutsche auf den Knien und hinterließ eine blutige Schleifspur, als sie versuchte, wieder auf die Beine zu kommen. Königin Kisdra blickte verächtlich von oben auf sie herab.

»Weit bist du gekommen, Syrianna, bis nach Arida hast du es geschafft und du hast sogar die wahre Liebe gefunden, wie meine Kundschafter mir berichteten. Das ist eine erstaunliche Leistung. Allerdings... wie du siehst, entkommt man mir nicht. Die Königin schüttelte tadelnd den Kopf. »Doch ich will Gnade zeigen und dich wieder in den Schutz der Dienste an Salith geben, wenn du mir sagst, wo du das Ei hast. Solltest du dich aber weigern, mir die Informationen zu geben, die ich verlange, weißt du ja, was mit denjenigen geschieht, die sich gegen mich und das Reich Milad stellen. Also: Wenn du leben willst, sage mir, wo das Ei ist!«

Stumm hockte Syrianna vor der Königin und gab nicht den leisesten Laut von sich. Einer der Wachen schlug ihr hart mit dem Stock, aber Syrianna rührte sich nicht und blieb stumm. Wieder und wieder wurde sie geschlagen, um sie herum war der glatt polierte Marmorboden bald dunkelrot von ihrem Blut. Der Schmerz, der sie mit jedem Schlag durchfuhr, nahm ihr schier den Atem und die Sicht schwand. Nicht mehr lange und sie würde das Bewusstsein verlieren. So endete es nun. Sie hatte geschworen, ihren Schwestern zu helfen, aber das Schicksal wollte es anders. Sieschloss die Augen, kippte zur Seite und versank in der Dunkelheit.

»Bringt sie zu einem Heiler und versorgt ihre Wunden! Ich will sie morgen weiter verhören, denn ich brauche dieses Ei!« Kisdra lehnte sich auf ihrem Thron zurück und aß genüsslich von den blauen Trauben, die ein Diener ihr anbot. »Und macht hier sauber!«

Die Folter wiederholte sich nun Tag um Tag. Immer wieder wurden Syriannas Wunden geheilt, um dann erneut bis zur Bewusstlosigkeit gefoltert zu werden. Jedes Mal wachte sie wie zum Hohn in dem großen Zimmer auf, in dem sie zuvor mit den Schwestern gelebt hatte.

Nur heute war es anders. Dunkelheit umgab sie. Es roch nach Schimmel und Moder. In einiger Entfernung flackerte eine Fackel an der groben Steinmauer. Syrianna lag in einem Verlies tief unten im Berg. Dieses Mal war sie nicht geheilt worden. An unzähligen Stellen hatte sie Wunden von den Schlägen und verkrustetes Blut verhinderte, dass sie ihr linkes Auge öffnen konnte. Syrianna nahm all ihre Kraft zusammen und konzentrierte sich auf ihren Körper, um die Blessuren zu untersuchen und um die gröbsten Verletzungen zu heilen. Sie war erstaunt, wozu sie noch fähig war.

In der Dunkelheit erkannte sie, dass sich ihre mit dem Besuch bei Fefeene veränderten Runen zu leuchten begannen. Wenige Minuten später war sie in der Lage, sich zu bewegen.

Zaghaft stand sie auf und erkundete ihre Umgebung.

Kisdra hatte sie tatsächlich in eines der vielen unterirdischen Verliese gesperrt, aus denen man, wie man sagte, nie mehr zurückkam. Das war ihr Todesurteil. Sie würde hier unten bleiben bis nur noch Knochen von ihr übrig waren.

Plötzlich nahm sie im Halbdunkel der Fackel eine Bewegung wahr. Erschrocken sprang sie einen Schritt zurück. »Wer ist da?«

Nichts rührte sich. Nur ihr Echo halte durch das Verlies.

»Hallo? Wer ist da?«

Wieder nur Stille. Dann: »Mein Name ist Pergen. Und wer seid Ihr?«

Syrianna drehte sich in die Richtung aus der die Stimme kam. »Ich bin Syrianna, eine der drei Schwestern.« Sie ging langsam auf die Stimme zu und entdeckte dann in einer Ecke einen kleinen Mann, der mit Eisenketten an den Berg gefesselt war.

Sie musterte ihn aufmerksam. Seine Kleidung entsprach nicht der üblichen Mode von Milad oder Isir, eher erinnerte sie an Arida. »Weshalb hält Kisdra Euch gefangen, Pergen?«

Der Mann schaute Syrianna mit weinerlichem Blick an. »Ich weiß es eigentlich nicht. Ich habe versucht, Handel zu treiben, dann nahm man mich gefangen, als ich keine Steuer entrichten wollte. Man warf mir vor, ein Spion für Isir zu sein und warf mich hier in dieses Verlies, wo ich nun schon seit vielen Tagen ausharre. Vielleicht bist du die ersehnte Rettung und kannst uns mithilfe von Magie aus diesem Loch befreien?«

Syrianna konnte das Gefühl nicht abschütteln, dass irgendetwas an der Geschichte dieses Mannes nicht stimmte. Es stand ihm in den Augen, dass er versuchte, etwas vor ihr zu verbergen.

»Ich bin keine Magierin, wie du es denkst. Das wenige was ich kann hilft vielleicht für etwas mehr Licht und Wärme, doch zu mehr bin ich nicht fähig. Zu mehr bedarf es dann schon eines Speichers oder eines magischen Stabes.«

Pergens Gesicht hellte sich plötzlich auf. »Damit kann ich vielleicht dienen, wenn Ihr mir dafür versprecht, dass Ihr mich nicht zurücklasst und wir gemeinsam fliehen.«

Skeptisch schaute Syrianna auf den an Ketten hängenden, eher unscheinbaren Mann. Was konnte der schon anbieten, um eine Flucht zu ermöglichen? Trotzdem willigte sie ein. Ihr war jedes Mittel recht, um aus diesem Gefängnis zu entkommen. »Einverstanden, ich verspreche dir, dass wir zusammen fliehen. Nun zeigt mir, wie Ihr dabei helfen könnt! Die Verliese hier unten sind undurchdringbar. Man müsste schon einen Tunnel graben, was Jahre dauern würde, ohne dass ein Wunder geschieht. Also redet: Was habt ihr anzubieten?«

»Kommt näher, Ihr müsst mir helfen!«, zischte Pergen. Syrianna zögerte, trat dann aber auf den Mann zu.

»Schaut genau hin! Einer der Knöpfe meines Mantels, der zweite von oben. Ja, genau der. Reißt ihn ab!« Syrianna nahm den sonderbar geformten Knopf und riss ihn von dem groben Stoff. Der alte Faden gab schnell nach.

»Ihr müsst das dünne Blech öffnen.« Pergen deutete mit dem Kopf auf den Knopf. In der Tat! Jetzt erkannte sie die Form einer kleinen Dose. Vorsichtig öffnete sie den Deckel und ein flacher, genau in die Hülle des Knopfes eingepasster Rubin fiel in ihre Hände.

Völlig verblüfft staunte sie darüber, wie viel magische Energie in diesem kleinen Stein steckte. Sie hatte einen solchen schon einmal besessen. Dylan hatte ihn ihr damals gegeben und sie hatte ihn auf ihrer Flucht im Wasser verloren.

»Dieser Rubin war meine kleine Sicherheit. Allerdings konnte ich ja nicht ahnen, dass man mich hier anketten würde. Weißt du, wie man einen solchen Stein benutzt? Ich kenne zwar einige magische Formeln, doch bis jetzt habe ich sein Potenzial nicht für mich nutzen können.«

Einen Moment lang schwieg Syrianna und fühlte, wie die Macht aus dem Stein floss. Sie überlegt fieberhaft, wie sie ihn einsetzten konnte, um unerkannt zu fliehen. Dann nahm sie ein wenig von der Energie in sich auf und löste mit einem raschen Wink die eisernen Fesseln an Pergen. Erleichtert rieb er sich die Handgelenke und sprang auf die Füße. »So, und nun holt uns hier raus!«, drängelte er.

Syrianna kam ein Gedanke. Dylan hatte mehr als nur einmal ein magisches Fenster gewoben und ihr dabei erklärt, wie der Zauber funktionierte. War sie vielleicht ebenfalls in der Lage, diese Art von Magie zu betreiben? Nein, ihr fehlte schlichtweg die Kraft dazu. Doch wenn sie Fefeenes Worten Glauben schenken durfte, besaß sie Kräfte, von denen sie nichts ahnte und mit diesem Rubin konnte sie alles probieren.

Ruhig und konzentriert machte Syrianna sich an die Arbeit. Schritt für Schritt ging sie den Zauber durch. Ihre Runen erstrahlten in hellen Glanz, als sie die Energie aus dem Rubin in sich aufsog. Dann visualisierte sie vor ihrem inneren Auge einen Ort außerhalb von Milad, den sie kannte. Um sie herum erschien ein gleißendes blaues Licht und wie sie es bei Dylan gesehen hatte, formte sich langsam eine Art Torbogen aus diesem Licht. Sie verankerte es im Boden und befahl Pergen hindurchzutreten. Skeptisch zögernd ging dieser auf das Tor zu.

»Geht schon! Ich weiß nicht, wie lange ich den Zauber halten kann. Los, geht!«, keuchte Syrianna.

Sofort trat Pergen einen Schritt nach vorn und verschwand. Syrianna tat es ihm gleich. Ihr nächster Schritt ließ sie gegen Pergen stolpern, der ihr mit offenem Mund im Weg stand und darüber staunte, wo sie jetzt waren.

»Das ist mächtige Zauberkunst! Ihr müsst mir zeigen, wie das geht!«

Syrianna blickte den kleinen Mann finster an. Anstatt sich zu bedanken stellte er Forderungen?

»Ich will Euch den Zauber lehren. Allerdings ist die Kraft des Rubins erschöpft und ich weiß leider nicht, wie man ihn wieder auflädt. Somit muss der Unterricht wohl warten bis wir an eine magische Quelle kommen.«, feixte sie.

Mit säuerlicher Miene forderte Pergen den Stein von Syrianna zurück, sie überreichte ihn und drehte sich um. Ihr Versprechen, dem Mann aus dem Verlies herauszuhelfen, hatte sie gehalten und mit Isir hatte sie ja schließlich ein Ziel. Also ließ Syrianna Pergen stehen und setzte ihren Weg unbeirrt fort.

Pergen starrte auf den Stein in seiner Hand. Jetzt hatte der Rubin kaum noch etwas Prächtiges und Edles an sich. Er war nur noch schwachrot und matt.

»Wartet! Lasst mich Euch begleiten. Ich kenne mich in diesem Land nicht aus. Ich werde Euch unterstützen, wo ich kann. Nehmt mich mit.«

Syrianna hielt inne, drehte sich aber nicht um. Sie hatte ein schlechtes Gefühl mit ihm, außerdem glaubte sie ihm kein Wort. Zu zweit allerdings konnte man sich vielleicht gegenseitig vor den Kundschaftern und Häschern des dunklen Herrschers beschützen. Sie seufzte und bedeutete Pergen mit der Hand, ihr zu folgen.

Freudig hüpfte dieser von einem Bein auf das andere und bedankte sich überschwänglich bei Syrianna. Schon jetzt bereute sie ihre Entscheidung. Und sie ahnte, dass es ein Fehler war. Langsam, aber stetig schritten sie voran, immer weiter in Richtung Isir. Dort waren ihre Schwestern.

Pergen fragte sie unermüdlich aus. Er wollte alles wissen: über das Land, den König und auch über Milad und die Schwestern, und... einfach alles. Er schien kaum Luft zu holen beim Reden. Unaufhörlich plapperte er von anderen Ländern und von unendlicher Magie, die man dazu bräuchte, um zu ungeahnter Macht zu gelangen.

Schon bald hoffte Syrianna insgeheim, es würde hinter einem der vielen Felsbrocken, die hier überall verstreut lagen, eine Bestie hervorspringen und dem ein Ende setzen. Sie erschrak über diese bösen Gedanken, musste dann aber schmunzeln, als sie sich bildlich ausmalte, wie schnell der schmierige Kerl wohl laufen könnte, wenn tatsächlich ein derartiges Untier neben ihm auftauchen würde.

Dann brachte sie Pergen mit einem Wink zum Schweigen und zeigte auf einen Punkt in der Ferne. Ein paar Reiter hielten direkt auf sie zu.

Sie hoffte inständig, dass man sie noch nicht entdeckt hatte. Schnell suchte sie das Gelände nach einem brauchbaren Versteck ab. Hinter einem großen Felsen tat sich ein Loch auf, das einer Höhle glich. Dichtes Buschwerk verdeckte den Eingang. Schnell zog Syrianna Pergen mit sich und duckte sich. Sie legte einen Finger auf ihre Lippen, um ihm zu bedeuten, leise zu sein, denn scheinbar wollte er sie schon wieder mit neuen Fragen bombardieren.

Syrianna wagte kaum zu atmen, als die Reiter näherkamen. Sie konnte zwar wegen der Entfernung nicht verstehen, was sie sagten, allerdings erkannte sie an der Art, wie die Soldaten redeten, dass sie scheinbar in Eile waren. Sie kamen ihrem kleinen Versteck gefährlich nahe. Der Trupp - den Uniformen nach zu urteilen Soldaten von Königin Kisdra - suchte offensichtlich nach den Flüchtenden.

Lange Zeit harrten Syrianna und Pergen aus. Sobald die Sonne am Horizont versunken war, wurde es zwar gefährlicher zu reisen, doch man würde sie nicht sofort sehen in diesem flachen Landstrich, in dem man schon aus meilenweiter Entfernung eine Person wahrnehmen konnte.

Sie kamen überein, sich Pferde zu besorgen, um schneller und komfortabler reisen zu können. So liefen nun beide nebeneinander her bis der Morgen graute.

Pergen jammerte immer lauter nach einer Pause. Abrupt drehte Syrianna sich zu ihm um. »Dann rastet doch direkt hier und lasst Euch wieder gefangen nehmen! Ich werde weitergehen. Hier in der Nähe muss ein Dorf sein, in dem wir Pferde kaufen können. Es ist vielleicht eh besser, Ihr geht Euren und ich meinen Weg!« Mit diesen Worten ging sie genervt weiter ohne sich dafür zu interessieren, was Pergen nun tat. Sie hörte sein verächtliches Schnaufen und wortlos schleppte sich Pergen hinter Syrianna her.

Erst als die Sonne schon fast im Zenit stand, erreichten sie ein Dorf. Sofort eilten ihnen Kinder entgegen und begrüßten sie freundlich. Die ´Schwestern´ waren in Milad so etwas wie Heilige und überall willkommen. Augenblicklich wurden sie zum Dorfältesten geführt.

Syrianna war es überhaupt nicht recht, ein solches Aufsehen zu erregen. Sie wollten doch so unerkannt wie irgend möglich reisen. Aber nun gab es kein Zurück und sie stellte sich der Zeremonie und begrüßte den Dorfältesten wie sie es gelernt hatte mit dem ihm gebührenden Respekt. Dieser neigte sein Haupt vor ihr und bot ihr sein Haus an. Das Protokoll verlangte, dass sie dankend annahm.

Es wurde zusammen gespeist, bevor man sie zu einer Art Badehaus führte, wo sie bereits erwartet wurde. Gleich mehrere Frauen kümmerten sich darum, dass sie gründlich gewaschen wurde und neue Kleidung bekam.

Pergen wurde derweil in die Küche geführt, durfte eine Kleinigkeit essen und im Stall daneben die Nacht verbringen. Die Bewohner des Dorfes nahmen an, er sei ein Diener, der die ´Schwester´ begleitete. Schlecht gelaunt und hundemüde machte er es sich bequem soweit es ging und schlief schnell ein.

EIN HINTERHÄLTIGER PLAN

Syrianna erschrak als sie am Morgen erwachte und Areidon sie freundlich begrüßte. »Wie kommt Ihr denn hierher?«, fragte sie verwundert.

Areidon nahm die Form eines Dorfbewohners an und setzte sich zu ihr. »Ich erfuhr, dass Kisdra dich gefangen genommen hat und vergangene Nacht bekam ich die Botschaft von einem unserer Informanten, dass eine der 'Schwestern' hier eingetroffen sei. Ich ging davon aus, dass nur du es sein konntest, Kind. Wie ich sehe, geht es dir gut. Wer ist dein Begleiter?«

Syrianna richtete sich auf. »Er nennt sich Pergen und gibt vor, ein Händler zu sein. Doch ich traue ihm nicht, denn ein Händler wird nicht grundlos verhaftet. Er verbirgt etwas, das fühle ich. Ich kann nur nicht sagen, was es ist. Außerdem hatte er einen magischen Rubin bei sich, mit dessen Hilfe es uns gelang, zu fliehen.«

Leise und unbemerkt schloss Pergen die Tür, die er nur einen kleinen Spalt geöffnet hatte. Dann schlich er zurück in den Stall. Dass das Mädchen einen weiteren Verbündeten hatte, gefiel ihm nicht. Das durchkreuzte seine Pläne.

Kurze Zeit später trat Syrianna mit Areidon in den Stall und stellte ihm den Dwilish vor. Areidon reichte Pergen zum Gruß die Hand. Kaum hatten beide Hände sich berührt, vernahm er eine schneidende Stimme in seinen Gedanken. »Dein Herz und deine Seele sind schwarz wie die Nacht. Noch kannst du den Weg, den du zu gehen gewillt bist, in eine andere Richtung lenken. Alles andere wird dein Verderben. Was du hier zu erlangen versuchst, wirst du nicht finden, also besinne dich!«
Sämtliche Farbe wich Pergen aus dem Gesicht, er begann zu frösteln und seine Beine schienen nachgeben zu wollen.
Syrianna eilte zu dem Mann, der sich nun krampfhaft an der Wand der Pferdebox festhalten musste. »Was habt Ihr? Fühlt Ihr euch nicht wohl?«
Gekonnt spielte Pergen seine Angst herunter. »Ist schon gut. Ich glaube, die Reise war wohl doch anstrengender als gedacht. Ich sollte mich mit einem reichhaltigen Frühstück stärken.« Areidon und Syrianna nickten einander zu.
Kaum eine Stunde später ließen sie das Dorf hinter sich. Wie es Pergen befürchtet hatte, wurden sie von Areidon begleitet. Er musste einen Weg finden, ihn loszuwerden.

Der Dwilish hatte im Dorf drei Pferde gekauft und somit war das Reisen nun schon erheblich angenehmer. Pergen jammerte nun zwar nicht mehr so sehr wie zuvor, war allerdings ein miserabler Reiter. Das arme Pferd protestierte mit jedem Schritt und blieb irgendwann einfach stehen, um sich genüsslich dem hohen frischen Gras am Wegesrand zu widmen. Entnervt prügelte Pergen auf das Pferd ein. »Vorwärts, du dummer Gaul! Wer hat dir erlaubt zu fressen?« Er zeterte und schrie, doch so oft er auch an dem Zaumzeug zog und rüttelte, das Tier ließ sich nicht beirren.

Ein Lächeln huschte über das Syriannas und Areidons Lippen, als Pergen mit lautem Geschrei aus dem Sattel geworfen wurde. »Das geschieht dir recht! Es ist eines, dem Tier zu zeigen, wer Ihr seid, aber ein anderes, ihm Schmerzen zuzufügen! Jetzt sitzt wieder auf und seid leise! Euer Geschrei wird uns ansonsten noch verraten.«

Wütend stapfte Pergen zurück zu seinem Pferd. Es kochte und brodelte in ihm. Was fiel dem Weib ein, so mit ihm umzuspringen? Was glaubte sie denn, wer sie war? »Wenn wir nur erst bei König Gomar sind, wird sie schon sehen, was es bedeutet, mich zu beleidigen. Er wird sie für seine ganz eigenen Zwecke benutzen.«, dachte er bei sich, schwang sich mit grimmiger Miene wieder in den Sattel und trieb den Gaul an.

Areidon und Syrianna ritten vor ihm nebeneinander. Sie unterhielten sich so leise, dass er ihre Worte nicht verstand, so sehr er sich auch mühte

Als der Morgen graute ließ Syrianna halten. »Wir rasten bis zur Dämmerung. Nicht weit von hier ist eine kleine Stadt. Königin Kisdras Soldaten werden uns dort sicher suchen, somit wollen wir hier ausharren bis es dunkel wird. Dann ziehen wir weiter.«

Schlecht gelaunt band Pergen sein Pferd an einen nahen Baum und hängte ihm einen Beutel mit Futter um, während Areidon seltsam die Arme abwechselnd in verschiedene Richtungen zeigend um das improvisierte Lager herumlief. Dann traute Pergen seien Augen nicht: Die Umgebung um sie herum verschwand! Alles hüllte sich in Nebel!

Auch Syrianna staunte. »Sagt, Areidon, was ist das für ein Zauber?« Sie deutete ringsum auf den Dunst.

Der Dwilish winkte lächelnd ab. »Ach, das ist nur ein einfacher Tarnzauber, der es uns ermöglicht, auch ein kleines Feuer zu entzünden ohne gleich erkannt zu werden. Der Nebel ist von außen unsichtbar. Das sollte uns als Schutz für die Nacht genügen.«

Anerkennend nickte Syrianna Areidon zu und wandte sich ab. Pergen jedoch begriff nun, dass Areidon sicher nicht der war, der er zu sein vorgab und ging in Gedanken die

Möglichkeiten dafür durch, wie er ihn schnellstens loswerden konnte. Er fluchte: Giftige Pflanzen, wie er sie von Arida kannte, konnte er nirgends entdecken. Die Landschaft war einfach zu eben, um ihn in Schluchten zu stürzen und es wie ein Unfall aussehen zu lassen. Nicht einmal ein Messer trug er bei sich, um sich des Mannes heimtückisch im Schlaf zu entledigen.

Verärgert wickelte er sich in seine löchrige Decke und schlief, bis Syrianna ihn weckte, als er mit der Wache an der Reihe war.

Ohne Zwischenfälle verlief der Tag sehr ruhig, nur ab und an durchbrach ein Reh den Nebel und floh dann erschrocken, als es mitten im Lager stand. Als die Sonne sich dem Horizont näherte, nahm der Trupp die Reise in Richtung Isir wieder auf..

Stunden später veränderte sich die Landschaft. Sie näherten sich einer Bergkette. Hier wurde es immer schwieriger, abseits der Straße einen geeigneten Weg zu finden. Immer wieder mussten sie rasten oder zu Fuß weiter, damit die Pferde sich in der Dunkelheit nicht am felsigen Grund verletzten. Pergen griff seine Idee wieder auf, Areidon zu töten.

Während einer kleinen Rast löste er unbemerkt den Sattelgurt an dem Pferd, auf dem Areidon ritt. Syrianna und Areidon waren so vertieft in ein Gespräch, dass sie davon nichts mitbekamen. »Wir müssen das Risiko eingehen und weiterreiten, denn die Zeit arbeitet gegen uns, Areidon. Die Häscher von Kisdra sind uns auf den Fersen und sobald Gomar uns bemerkt, wird es nicht besser für uns ausgehen. Nur im Schutze der Dunkelheit können wir schnell und unbemerkt unser Ziel erreichen. Lasst uns nun weiterziehen.«

Areidon überlegte eine Weile, stimmte dann aber zu. »Ich reite vor und ihr folgt mir. Ich kenne die Gegend hier.«

Pergen frohlockte, sein Plan schien aufzugehen. Eilig saß er auf und lenkte sein Pferd direkt hinter das Areidons. Er zuckte knapp mit den Schultern, um sich bei Syrianna für das Dazwischendrängeln zu entschuldigen. Die nahm es hin, da sie Pergen einfach für einen Angsthasen hielt, der sich nicht traute, die Nachhut zu bilden.

Das war seine Chance! Er musste es jetzt riskieren! Behutsam gab er seinem Pferd die Sporen, woraufhin es mürrisch in den Trab wechselte. Das aber genügte Pergen noch nicht und er trieb es immer weiter an. Er spürte, wie der Gaul sich unter seinen Tritten wand. Dann endlich buckelte es und machte einen Satz auf Areidon zu. Erschrocken zuckte dessen Pferd zusammen und preschte ungehalten vorwärts. Pergen frohlockte. Pferd und Reiter kippten vor ihm in die Tiefe. Sein Plan ging auf! Endlich hatte er eine Sorge weniger und wieder freie Hand mit Syrianna.

Diese schrie auf. » Was habt Ihr getan!?«
Pergen lachte nur laut. Der Ausdruck auf
seinem Gesicht zeigte eine kalte, vom Wahn
gezeichnete Grimasse. Syrianna erschrak. Sie
stieg von ihrem Pferd ab und blickte
verzweifelt über den Rand der Schlucht, in die
Areidon gestürzt war. »Warum? Wieso habt Ihr
das getan?« Dann plötzlich spürte sie nur noch
einen kurzen Schmerz am Kopf, bevor sie das
Bewusstsein verlor.

Pergen zerrte Syrianna fort von dem Rand des
Felsens, hob sie ächzend auf ihr Pferd und
zurrte sie fest. Langsam führte er beide Pferde
durch die Berge.

Er kannte den Weg, denn er hatte genug auf
den Karten des Dwilish gesehen. Er war sich
sicher: Eine große Belohnung erwartete ihn,
wenn er die Schwester beim König von Isir
ablieferte.

Der Morgen graute bereits, als er am Fuß des
Berges Rast machte. Pergen hatte kaum noch
die Kraft, weiter einen Fuß vor den anderen zu
setzen und eines der Tiere lahmte. Der Abstieg
war anstrengender gewesen als erwartet.

Langsam kam Syrianna zu sich. Sie schmeckte
Blut und eines ihrer Augen schien geschwollen,
so dass es sich nicht öffnen ließ. Vorsichtig
blickte sie sich um. Dann kam die Erinnerung.
Pergen hatte Areidon in voller Absicht die
Schlucht hinabgestürzt und sie selbst lag hier
gefesselt auf ihrem Pferd. Was hatte der Mann

mit ihr vor? Dank der nun durch ihre Bewegungen stärker werdenden Schmerzen konnte sie kaum einen klaren Gedanken fassen. Sie hatte es doch von Anfang an geahnt, dass Pergen ihr Verderben sein würde. Sie schalt sich selbst einen Dummkopf. Aber alles Jammern half nun nichts mehr, sie musste sich besser überlegen, wie sie sich selbst aus dieser misslichen Lage befreien konnte.

Pergen entzündete derweil ein Feuer, über dem er sich so völlig unbekümmert sein Essen zubereitete, als sei er schon immer allein durch das Land gezogen. Manchmal verzog er sein Gesicht zu einer Grimasse, die nichts Gutes verhieß.

Nachdem er gegessen hatte, ging er auf Syrianna zu, die nun neben dem Pferd im hohen Gras lag. Unsanft stieß er ihr mit dem Fuß in die Seite. »Ich weiß wer du bist und kenne deinen Wert. Was dachtest du, weshalb ich bei dir geblieben bin? Gomar wird ein gutes Lösegeld für dich zahlen! Willst du die Reise nach Isir überleben, ist es besser, du fügst dich!«

Er ließ sie liegen, wo sie war und warf ihr einen Brotkanten zu, bevor er es sich leise vor sich hin pfeifend am Feuer bequem machte.

Syrianna zuckte zusammen, als jemand sie sanft an der Schulter berührte. Eine bekannte Stimme in ihrem Kopf sprach zu ihr. »Verhalte dich ruhig, Kind, lass dir nichts anmerken!«

Dann spürte sie, wie sich ihre Fesseln lösten und ihr jemand ein Messer zuschob.

Pergen schob sich seinen großen Hut in das Gesicht und lehnte so entspannt vor dem Feuer an einem Baum, als es plötzlich taghell um das Lager wurde. Er sprang auf und griff zu einem Knüppel, den er neben sich gelegt hatte. Verängstigt schaute er in alle Richtungen, um seinen Feind zu erspähen. Dann löste sich eine Gestalt aus dem Licht - irgendwie wabernd, als würde sie aus Wasser bestehen. Vor Pergens vor Angst bleichem Gesicht materialisierte sich Areidon.

»Aber..., aber... Ihr müsst tot sein. Ich habe Euch getötet. Ich habe Euch doch herabstürzen sehen!« Diese Worte schrie Pergen fast panisch, bevor ihm die Stimme versagte.

»Schweig still, Mensch! Anstatt auf meine Warnung zu hören, hast du dich gegen uns gestellt und nach unserem Leben getrachtet, um deine Gier zu stillen. Deine Seele ist von Dunkelheit umgeben.«

Jetzt kniete Pergen vor Areidon und wimmerte. »Lasst mich gehen, Herr, bitte habt Gnade! Ich wusste nicht, was ich tat. Lasst mich gehen und Ihr werdet niemals wieder von mir hören, das schwöre ich!«

Langsam schüttelte Areidon den Kopf. Jetzt hatte er wieder die Gestalt des Bauern aus dem Dorf. »Ich will dir die Chance geben, dein Wesen zu ändern. Ich werde dich gehen lassen!« Pergen atmete sichtlich auf. Erleichtert erhob er sich und verbeugte sich scheinheilig vor Areidon. »Habt Dank, Areidon, habt Dank und verzeiht mir.«

Die undurchdringlichen Augen des Dwilish erfassten Pergen abermals. »Danke mir nicht zu früh, Mensch! Ja, du sollst gehen und deines Weges ziehen, aber zuvor eine Kleinigkeit...«

Areidon hob die Arme. Weißes Licht entwich aus seinen Händen und hielt direkt auf Pergen zu. Nach und nach wurde dieser wie in einen Kokon eingewickelt. Pergen schrie aus Leibeskräften, aber Areidon ließ nicht von ihm ab. »Das soll mein Geschenk an dich sein, Mensch! Fortan wirst du hier über die Flora wachen. Ein Greng, Wesen zwischen Mensch und Baum wirst du sein und bleiben, solange deine Seele von Dunkelheit erfüllt ist.«

Syrianna hielt den Atem an, als sie sah, was vor sich ging. Pergen wurde größer und größer. Er überragte Syrianna nun schon gut um mehr als drei Köpfe. Seine Haare verformten sich und wurden zu etwas, das aussah wie dünne Zweige und trockenes Gras. Seine Augen verschwanden tief in seinen Kopf. Die Haut veränderte sich, wie man es von Birken kennt, zu einer groben wulstigen Rinde mit grünweißen Flecken. Noch immer wand Pergen sich vor Schmerz, während seine Arme zu dicken Ästen und seine Hände zu Zweigen mit grünem Laub wurden. Er wurde zu einem Baum!

Sein Oberkörper wurde bis zu den Hüften zu einem dicken Stamm, darunter allerdings blieb alles beim Alten. Sein Hosenbund ging nahtlos in das Holz über.

Nach der Transformation löste sich der Kokon auf und erlosch. Pergen verlor augenblicklich den Halt und sank vornüber auf die Knie. Entsetzt blickten seine Augen aus hölzernen Höhlen zu Syrianna, die noch immer reglos mit offenem Mund dastand.

Pergen versuchte zu schreien, was ihm aber nicht gelang.

»Dein Name ist fortan Greng. Rede mit deiner Seele! Die Sprache nahm ich dir. Dies ist deine Strafe. Ich binde dich an diesen Ort und niemals wieder sollst du Böses tun.«

Areidon wies Syrianna an, das Lager zu räumen. »Es ist nun besser, den Greng seinem Schicksal zu überlassen. Er wird Zeit brauchen, um zu verstehen, was gerade vor sich gegangen ist.«

Stumm gehorchte Syrianna, doch immer wieder warf sie verstohlene Blicke zu Pergen - oder Greng, wie er nun hieß. Der stand noch immer still, als würde er nichts begreifen. Erst als Syrianna und Areidon aufsaßen und die Richtung einschlugen, kam auch in Pergen

Bewegung. Doch er war kaum in der Lage, auch nur einen Schritt weiter zu tun.

»Hier endet das Reich der Bäume, diese Grenze darf der Greng nicht übertreten. Es wird sein Gefängnis bleiben - auf ewig.«

Syrianna blickte noch ein letztes Mal zurück.

»Kind, Mitgefühl ist eine ehrenhafte Tugend, in diesem Fall allerdings für dich tödlich. Pergen war innerlich längst zerfressen von der Dunkelheit. Ich habe in seine Seele gesehen. Er hat viele Menschen auf dem Gewissen und ist auch nicht unschuldig an dem Krieg, der in dem Land tobt, aus dem du gekommen bist. Vertraue mir, Syrianna, so ist es besser für uns und ihn.«

Stumm ritten sie weiter. Niemals zuvor hatte sie einen vergleichbaren Zauber gesehen, doch Areidon war immer loyal und aufrichtig gewesen. Er würde schon das richtige tun, dachte sie bei sich.

GRENG

Obwohl er noch nicht ganz verstand, was passiert war, begriff Pergen, dass von nun an alles anders werden würde.

Der Dwilish hatte in einer Weise mit ihm gesprochen, die er zwar nicht kannte, aber deutlich verstehen konnte. Dann hatte er nur noch gespürt, wie er sich veränderte. Seine kleinen Beine waren nun lang und stark wie die eines Soldaten. Aber was waren das für eigenartige Gebilde wo einst seine Hände und Arme waren? Er hatte das Gefühl, mehr als doppelt so groß geworden zu sein, denn er schaute auf Areidon und Syrianna herab, als würde er auf einem Hügel stehen. Sein Kopf war eigenartig schwer und sein Blick irgendwie völlig verändert. Er konnte Dinge wahrnehmen, die er so nie gesehen hatte.

Es dämmerte Pergen: Er war zu etwas Anderem geworden! Der Dwilish hatte ihn verzaubert! Erschrocken untersuchte er seinen neuen Körper nun genauer.

Anstelle der Haut kleidete ihn nun eine raue Borke. Kleine weiße Röllchen der Rinde rollten sich zusammen und bildeten so einen imposanten Birkenstamm. Ein Wirrwarr von Zweigen schmückte sein Haupt, seine Haare waren gänzlich verschwunden und aus seinem Kopf blickten aus zwei großen Vertiefungen ohne Wimpern und Brauen menschliche Augen.

Erst jetzt, als Pergen vor Angst schreien wollte, bemerkte er, dass er keinen Mund hatte. Auch seine Nase war einfach nicht mehr vorhanden. Er betastet sein vermeintliches Gesicht, doch alles was er erfühlte, waren Rinde, Holz und Zweige.

Vor seinen Augen erschienen bei jeder Bewegung kleine Äste und Zweige dort, wo vorher Arme, Hände und Finger waren.

Sein Unterleib war zwar erheblich länger, aber dennoch irgendwie menschlich geblieben. Doch alles über dem Nabel glich einem Baum.

Die aufkommende Panik drohte Pergen zu überwältigen. Was, wenn er für immer so bleiben müsste? Was meinte der Dwilish damit, als er sagte, er könne das Gebiet nicht verlassen? Seine Gedanken überschlugen sich.

Langsam schwankend versuchte Pergen, einen Schritt vor den anderen zu setzen. Diese riesigen Beine waren wie Stelzen! Ihm war, als müsse er neu laufen lernen.

Ihm fiel etwas ein: Vielleicht konnte er sie einholen und Areidon zwingen, den Zauber rückgängig zu machen! Pergen überlegte nicht weiter. Er drehte sich in die Richtung, in der er Syrianna und Areidon am Horizont hatte verschwinden sehen. Lange hat er den beiden reglos hinterher gestarrt. Jetzt allerdings war es ja kein Problem mehr, sie einzuholen, es bedurfte nur einiger schneller Schritte.

Er setzte ein Bein vor das andere, erst noch etwas wackelig, dann aber immer sicherer werdend. Schon bald war er so schnell, dass die kleinen Büsche und Bäume nur so an ihm vorbeiflogen. Innerlich frohlockte Pergen. Mit der Geschwindigkeit, das war ihm klar, würde er die beiden in kurzer Zeit erreicht haben.

Der kleine Wald lag schon ein gutes Stück hinter ihm, als sich eine weite Steppe vor ihm öffnete, karges Land soweit das Auge reichte. Dort, kaum noch auszumachen, erkannte Pergen zwei Reiter. Das mussten sie sein!

Er legte noch einen Schritt zu. Alles in ihm war in Aufruhr. Er würde dem Dwilish schon zeigen, was es hieß, sich mit Pergen anzulegen. Mit seinen riesigen Armen würde er ihn zerquetschen und so lange quälen, bis er den Zauber zurücknahm.

Er hatte den Gedanken noch nicht zu Ende gedacht, da prallte er gegen eine unsichtbare Wand. Ohne jede Vorwarnung stieß er mit aller Wucht, die er aufgebracht hatte, um so schnell zu werden, dagegen. Holz krachte laut, Zweige brachen und Laub flog von ihm ab. Pergen, der Greng spürte nur noch Schmerz. Sein Blick entschwand und alles um ihn herum wich der Dunkelheit.

Es war helllichter Tag, als Pergen wieder erwachte. Noch immer lag er angelehnt am Rande der unsichtbaren Mauer. Er wusste nicht, was geschehen war und spürte nur die Pein, die seinen ganzen Körper durchzog.

Unendlich langsam versuchte er sich aufzurichten. Überall lag Gestrüpp und er begriff entsetzt, dass diese kleinen Äste und Zweige zu ihm gehört hatten, ein Teil von ihm waren. Das war die Ursache seiner Schmerzen!

Seine rechte Hand – konnte er sie überhaupt so nennen? - hatte nur noch zwei Finger, die übrigen waren bis auf den dicken Stumpf, der einst sein Arm gewesen war, abgebrochen. Sein Kopf war um fast die Hälfte aller Zweige beraubt. An der rechten Seite seiner Schulter zog sich ein tiefer Riss bis in die Hüfte hinab. Unterhalb der Holzseite lief ein kleines Rinnsal auf seine Füße zu und tränkte die völlig zerrissene Hose mit Blut.

Der Greng war ernsthaft verletzt! Es gelang ihm nicht, sich weiter aufzurichten, ohne dass der Riss in seinem hölzernen Oberkörper immer größer wurde. Ein beißender Schmerz durchfuhr ihn bei jeder Bewegung. Hilflos drehte er sich auf die Seite, um so die Wunde etwas zu entlasten.

Kaum noch in der Lage einen Gedanken zu fassen, erinnerte er sich an die alten magischen Sprüche, die er in Zorias magischem Buch gelesen hatte. Immer und immer wieder murmelte er die Worte leise vor sich hin. Nur mühsam kehrte die Ruhe in ihm ein. Es musste einfach funktionieren. Das hier durfte nicht sein Ende sein!

Etwas veränderte sich. Ihm war, als könne er in die Dinge hineinsehen, sie hören und spüren. Mit seinen Gedanken berührte er das fast verdorrte Gras der Steppe, konnte das bisschen Leben, welches ihm noch innewohnte, erfühlen.

Jetzt verstand der Greng und mit einer sich aufbäumenden Welle von Gewalt riss er all das Leben an sich.

In einer einzigen Explosion, ähnlich einer solchen, die die Zwerge in Bergen mit ihrem Sprengpulver verursachten, um an die edlen Erze zu gelangen, nahm der Greng alles Leben in sich auf, das er greifen konnte. Schlagartig zerfiel alles um ihn herum zu schwarzem Staub. Bald schon zog sich entlang der unsichtbaren Barriere ein riesiger dunkler Streifen, der nur noch den Namen Tod verdiente.

Mit dicken, vor Kraft strotzenden hölzernen Armen und frischem Laub stand der Greng nun da und schrie stumm in die Weite der Steppe hinaus. Er würde einen Weg finden, um seinem Gefängnis zu entkommen und dann würde er bittere Rache nehmen. Das Mädchen und der Dwilish würden büßen für das, was sie ihm angetan hatten.

GRAUSAME FOLTER

An Ketten gebunden musste Laessa mit ansehen, wie ihre Schwester gefoltert wurde. Firyth lag an Händen und Armen mit Lederriemen gefesselt auf einem Holzgestell. Ein fettleibiger Kerl drehte genüsslich an einer riesigen Eisenkurbel. Mit jedem Zentimeter, den sich die Kurbel bewegte, wurden die Gliedmaßen ihrer Schwester auseinandergezogen.

König Gomar, ein großer Mann mit vollem Bart und breiten Schultern stand etwas abseits und folgte mit ungerührter Miene der schmerzhaften Prozedur. Mit leiser, eindringlicher Stimme redete er auf Firyth ein. »Sag mir, wo die dritte Schwester ist. Und wo hast du das Ei Salith versteckt? Ich lasse euch beide gehen, wenn du mir den Adler übergibst.«

Sie waren keine wirklichen Schwestern, aber als Hüterinnen des Ei Salith dazu auserwählt. Laessa wusste genau, dass man sie niemals freilassen würde. Sie schmeckte weitere Tränen, die ihr unaufhaltsam über das Gesicht strömten.

König Gomar war als dunkler Herrscher bekannt und ein grausamer Regent des Landes Isir. Ein jeder hier fürchtete seine herrschsüchtigen Gewaltausbrüche. Er unterdrückte sein Volk unbarmherzig. Wer ihm widersprach, wurde schonungslos getötet. Er tat, was ihm beliebte.

Wenn er beispielsweise nach einer Jungfrau für die Nacht schickte, wurden gleich sieben junge Frauen aus der Stadt geholt. Er suchte aus und eine durfte bleiben, die anderen wurden beseitigt. Die übriggebliebene durfte die Nacht mit dem König noch erleben, danach war es auch mit ihr vorbei. König Gomar kannte kein Gefühl, keine Reue, keine Scham. Sein Volk hasste ihn und seine Soldaten, die es ihm gleichtaten. Die Gefängnisse im Schloss waren randvoll mit angeblichen Sündern, Spionen und Verrätern.

Wenn Gomar den Schwestern also die Freiheit anbot, dann ganz sicher nur das freie Geleit hinauf zu den Göttern.

Erneut drehte der fette Kerl an der Kurbel und Firyth schrie gellend auf. Dann verlor sie wieder das Bewusstsein. Blut sickerte aus Wunden, an denen das Gewebe gerissen war oder das Leder sich bis auf den Knochen eingeschnitten hatte. Firyth erlitt Höllenqualen.

»Sag mir, wo die dritte Schwester ist! Sag's mir! Ich weiß, dass du sie rufen kannst.« König

Gomar zog jetzt selbst eine große Lederpeitsche hervor, an deren Ende bronzene Hülsen befestigt waren, und schlug brutal auf Firyth ein. Deren geschundener Körper bäumte sich kurz auf und sackte dann wieder leblos in sich zusammen. Firyth hatte aufgehört zu atmen.

Gelassen trat Gomar zurück. »Kiovar!« Der fette Kerl schaute den dunklen Herrscher ehrfurchtsvoll an. »Kiovar, hole den Heiler. Sobald ihre Lebensgeister wieder zurückgekehrt sind, wirf sie in die dunkle Zelle. Und verwehre ihr alles, selbst die Notdurft.«

Kiovar verneigte sich tief vor seinem König. Unglaublich, wie ihm das mit seiner Leibesfülle gelang. »Ja, mein Herr.« Er machte kehrt ohne aufzusehen und verließ eilig die Folterkammer.

Gomar trat auf Laessa zu und quetschte ihr Kinn mit seiner rechten Hand. »Ich werde euch schon dazu bringen, mir das Ei auszuhändigen. Ruf eure dritte Schwester herbei! Wie war ihr Name noch gleich: Syrianna? Ruf sie oder ihr zwei werdet dieses Gewölbe niemals mehr verlassen!«

Laessa blickte dem dunklen Herrscher in seine abgrundtief seelenlosen Augen. Dann spukte sie ihm ins Gesicht. Gomar zuckte nicht einmal. Dann, wie aus dem nichts, schlug er mit dem Griff der Peitsche zu. Laessa sah es kurz aufblitzen, bevor alles um sie herum dunkel wurde.

Wutentbrannt warf Gomar die Peitsche in eine Ecke und verließ den Raum. Fast stieß er mit Kiovar zusammen, der eine alte Frau an einer Kette hinter sich her zog, um diese gleich darauf in die Folterkammer hineinzustoßen. Den König interessierte nicht, was jetzt noch passierte. Wichtig war ihm nur, dass beide Mädchen am Leben blieben, denn ohne die drei Schwestern würde er nicht an das Ei gelangen.

Mit Hilfe von Salith wäre er endlich in der Lage, den Thron von Kisdra zu stürmen und Milad an sich zu reißen. Nur so wäre er alleiniger Herrscher über die Südlande und mit einer solch riesigen Streitmacht könnte er viele weitere Länder erobern.

Er rief nach seinem Hauptmann. Dieser trat augenblicklich durch die hohe Tür und verneigte sich ebenso tief wie Kiovar zuvor. »Was befiehlt mein Herr?« Gomar befahl ihm, sich aufzurichten. »Sende deine besten Männer aus. In unserem Land oder an den Grenzen zu Milad läuft ein Mädchen herum, ähnlich gezeichnet wie die beiden Gefangenen. Sucht in abgelegen Dörfern und Wirtshäusern. Sie reißt allein und sollte deshalb einigen Leuten aufgefallen sein. Fangt sie lebend, krümmt ihr kein Haar! Und beeilt euch! Ich will ein schnelles Ergebnis sehen. Du haftest mit deinem Kopf.«

Sichtlich eingeschüchtert rief der Hauptmann »Ja, mein König, wie Ihr befehlt!« Eilig rannte er aus dem Thronsaal und schon im langen Flur dahinter hörte man ihn Befehle brüllen.

Gomar ärgerte sich. Dieses Mädchen war schlau gewesen und nach Arida geflüchtet. Schlau und gefährlich.

Ein Diener betrat den Saal und benachrichtigte den König, dass die beiden gefangenen Schwestern wieder geheilt seien und die eine wie befohlen in den dunklen Kerker gebracht wurde. Gomar nickte zufrieden.

GEFÄHRLICHES BÜNDNIS

Tage nun schon irrte der Greng umher. Er hatte sich vollständig heilen können und verstand es jetzt, die Natur für seine Magie zu nutzen. Er hatte ganz unerwartet etwas bekommen, wonach er sich immer schon gesehnt hatte: Macht. Allerdings war er noch immer gefangen in diesem riesigen Kerker, in den der Dwilish ihn eingesperrt hatte. Es musste doch eine Lösung für dieses Problem geben.

Die Naturmagie zu nutzen, um sich am Leben zu erhalten, wurde für den Greng zur Routine. Fühlte er sich schwach, griff er einfach nach einem der Vögel, die sich in sein Geäst verirrt hatten. Eingequetscht zwischen seinen knorrigen Fingern zerfiel das Tier dann sofort zu Staub. Wo er auch stand und ging, nahm er Energie auf und wurde stärker und stärker, wobei er tote dunkle Flecken am Boden hinterließ.

Ihm kam ein Gedanke. Als sie aus dem Kerker von Kisdra flohen, hatte Syrianna mit Hilfe des Rubins ein Tor erschaffen, durch das sie entkommen waren. Er musste sich eigentlich nur daran erinnern, wie sie es gemacht hatte, denn Kräfte dafür standen dem Greng doch genug zur Verfügung.

Stunde um Stunde, Tag um Tag versuchte er nun, den Zauber nachzuahmen, doch es war immer nur ein kurzes kleines Aufleuchten, was er hervorbrachte. Irgendetwas machte er offenbar falsch, aber was? Krampfhaft versuchte er sich zu erinnern. Schritt für Schritt ging er durch, was Syrianna in welcher Reihenfolge getan hatte. Leider war es damals einfach zu dunkel gewesen im Kerker von Kisdra, um alles sehen zu können.

Eines Morgens, nachdem der Greng wieder die ganze Nacht hindurch versucht hatte, den Zauber zu wirken, trat ein riesiger Hirsch unter sein großes, mittlerweile weit ausliegendes Blätterdach. Ohne Scheu begann das Tier an dem frischen Grün des Greng zu zupfen.

Der Greng spürte die Magie und die riesige Kraft, die dem Tier innewohnte. Augenblicklich griff er danach. Innerhalb eines Wimpernschlags zerfiel der Hirsch in dunklen Staub und wehte mit dem Morgenwind davon. Doch seine immense Kraft durchströmte nun den Greng. Mit neuer Zuversicht begann er einen neuen Versuch, den Zauber zu weben.

Wie bei Syrianna erschien ein blaues Licht, doch diesmal viel stärker und größer als er es bisher zustande gebracht hatte. Nun formte er ebenso wie sie einen Torbogen und verankerte ihn im Boden. Er hatte es geschafft! Der Weg in die Freiheit und zu seiner Rache war geebnet.

Zögernd trat er auf das Tor zu. Doch kaum dass er einen Schritt hindurch tat, zuckte er schmerzhaft zurück. Er hatte nicht bedacht, dass sein Körper mit jeder neuen Kraft wuchs und er deshalb ein größeres Portal erschaffen musste.

Vergeblich zog und zerrte der Greng also an den Rändern des magischen Gebildes. Als es zu zerreißen, unternahm er erneut einen verzweifelten Versuch, hindurchzutreten. Doch sein Kopf, der längst die Form einer Baumkrone hatte, und seine breiten hölzernen Schultern stießen immer wieder an dem gleißenden blauen Licht an und verbrannten ihn.

Der Greng wusste, dieses Portal war für unbestimmt lange Zeit die einzige Möglichkeit, seinem Gefängnis zu entkommen, also schob er sich trotz der Schmerzen hindurch. Links und rechts von ihm flammte das Holz auf, stinkender Qualm nahm ihm die Sicht und die Pein, die sich erbarmungslos in ihm ausbreitete, zerrte an seinem Verstand. Dennoch zwängte er sich Stück für Stück durch das erschaffene Tor.

Erschöpft fiel er nach vorn. Zischend erlosch das Portal hinter ihm. Er war frei!

Mühsam versuchte er, den Kopf zu heben, aber sofort durchfuhr ihn ein unerträglicher

Schmerz. Von seiner üppigen Baumkrone war ihm nur noch ein unscheinbarer Rest geblieben. Kaum in der Lage, die Glieder zu bewegen, tastete er zaghaft seinen Körper ab. Das Tor hatte beide Arme von den Schultern so gut wie abgeschnitten. Sie hingen nur noch an hölzernen Fäden. Gierig sog der Greng alles Leben um sich herum auf.

Wieder zu Kräften gekommen versuchte er herauszufinden, wo er sich hier befand. Am Horizont vor ihm zeichnete sich eine riesige Bergkette ab. Das mussten die Berge von Isir sein. Am Fuße jener Berge hatte Gomar seinen riesigen Palast, in dem er auch die beiden anderen Schwestern gefangen hielt. Syrianna hatte ihm davon erzählt. Genau dorthin würde er gehen. Doch musste er den König noch vor Syrianna und dem Dwilish erreichen, um ihn für sich zu gewinnen. Zu intrigieren war eine Kunst, die er schon als Pergen, der Mensch meisterhaft beherrschte. Was nun problematisch war, war die Zeit, die er nicht hatte.

Syriannas Ausführungen nach stand der Palast des Königs im Schatten des höchsten Berges innerhalb der Bergkette. Somit kannte er sein Ziel und durchschritt das vor ihm liegende Gelände mit seinen riesigen Beinen schneller, als es das beste Pferd könnte. Er musste es schaffen, Gomar vor den beiden zu erreichen! Dieser Gedanke trieb ihn an.

Erst spät in der Nacht machte er Rast. Erschöpft lehnte er sich an einen Baum, der sogleich bei seiner Berührung zu Staub zerfiel. Erstaunt blickte der Greng auf das Häufchen Asche. Wie war das passiert? Bisher konnte er es doch immer steuern, wenn er Energie aufnehmen wollte. Nun ging es von allein?

Durch die kleinen Bäume vor ihm konnte er einen Lichtschein erkennen. Von alten Eichen umgeben lag vor ihm ein kleiner Bauernhof. Rechts neben der Scheune standen einige Kühe und Schafe eingepfercht. Ein kleines Haus mit einem Dach aus Schilf stand mittig auf dem Hofplatz. Aus einem der kleinen Fernster schimmerte das Licht einer Kerze. Langsam ging der Greng auf das Haus zu. Erst kurz davor blieb er stehen. Was wollte er hier? Er war kein Mensch mehr. Sehnte er sich so sehr nach einer warmen Mahlzeit, guten Gesprächen und einem weichen Bett, dass er seine jetzige Gestalt fast völlig vergessen hatte? Traurigkeit erfasste seine schwarze Seele und er drehte sich langsam wieder um.

Quietschend öffnete sich hinter ihm eine Tür und ein alter Mann mit einer Laterne in der Hand trat heraus. »Wer ist da?« Er hob die Laterne höher, um mehr Licht zu machen. Dann ging er einige Schritte auf den Greng zu, den er offenbar noch immer nicht bemerkt hatte und hob die Laterne noch ein weiteres Stück in die Höhe. »Wer ist da? Zeig dich!«

Der Greng machte langsam einen Schritt nach hinten und stieß dabei lautstark an den Holzzaun der kleinen Koppel.

»Verdammt nochmal, wer ist...« Der alte Mann ließ vor Schreck die Laterne fallen, als er in das Gesicht des Ungeheuers blickte.

Der Greng neigte das Haupt, um seinerseits den Mann besser sehen zu können. Er spürte die Angst, die von dem Mann ausging.

Plötzlich und ohne Vorwarnung kam Leben in den alten Mann. Er griff nach der Laterne, die vor ihm lag und schleuderte sie auf den Greng zu. Glas ging zu Bruch und heißes Wachs ergoss sich auf das Geäst. Sofort fing das trockene Holz Feuer und der Greng stand lichterloh in Flammen.

Während dieser wütend versuchte, die Flammen auszuschlagen, machte er einen unbeholfenen Schritt nach hinten und spürte, wie er in etwas Nasses trat. Die Kuhtränke stand direkt hinter ihm. Augenblicklich hob er den großen hölzernen Kübel an und übergroß sich mit dem Wasser. Laut zischend erlosch das Feuer und machte einer riesigen weißen Wolke Platz.

Der alte Mann drehte sich auf dem Absatz um und flüchtete zurück zum Haus. Der Greng zog Lebensenergie aus einer sich panisch muhend in die Ecke drängende Kuh und eilte schnaubend hinter ihm her. Der Bauer hatte sich in seinem Haus verbarrikadiert, doch für den Greng stellte dies kein Hindernis dar. Mit einem einzigen Tritt gegen die Tür riss er ein riesiges Loch in die Hauswand, schnellte mit seinem Arm hindurch und ergriff den Mann. Ein letztes Mal trafen sich ihre Blicke, dann rieselte feiner schwarzer Staub zu Boden.

Der Greng erbebte. Gierig sog er die Kraft ein, die er sich genommen hatte. »So viel Energie in einem alten Mann«, dachte er bei sich, »was erst ist möglich bei einem jüngeren Menschen?« Die verbliebenen Kühe und Schafe dienten ihm nur noch als Nachtisch.

Nachdem das letzte Tier zu Staub zerfallen war, legte sich der Greng gestärkt zu Boden und schlief bis in den Morgen hinein. Laut kreischende Vögel weckten ihn, als die Sonne bereits hoch am Himmel stand.

Erschrocken blickte er sich um. Langsam kamen die Erinnerungen wieder. Er hatte einen Menschen getötet und nicht der kleinste Funken von Schuld war in ihm aufgeflammt. Nein, er war wie betäubt gewesen von dem, was ihn durchfuhr. Es war wie ein Rausch, der ihn schweben ließ, ein Glücksgefühl und zugleich pure Energie, die alles andere minderwertig erschienen ließ. Nun wusste er, wie er sich noch weit stärker machen konnte.

Ohne weitere wertvolle Zeit zu vergeuden, machte er sich auf den Weg zu Gomar. Seine Gedanken kreisten um Syrianna und Arida, während er über Wiesen, Felder und Wälder lief. Er dachte an das Land, aus dem er kam, an all die Dinge, die er verloren hatte und wer dafür verantwortlich gemacht werden musste. Der Wunsch nach Rache beherrschte ihn. Sie würden alle bezahlen müssen, alle! Zuerst dieser Dwilish und dann, wenn er die Schwestern für seine eigenen Zwecke benutzt hatte, würde er genüsslich die gesamte Energie der drei Mädchen in sich aufnehmen. Salith wäre sein und mit all dieser Macht würde ihn niemand mehr aufhalten können, auch nicht die Festung der Flüche.

Der Palast rückte immer näher. Der Greng war sich nun sicher: er würde schneller sein als die beiden anderen. Bis zum Mittag hatte er bereits eine Strecke zurück gelegt, für die er als der Mensch, der er mal war, mehrere Tage benötigt hätte. Er gönnte sich nun keine Pause mehr und lief, als ginge es um sein Leben.

Als es bereits so dunkel war, dass man kaum einen Schritt weit sehen konnte, erreichte der Greng eine große breite Straße. Unbeachtet dessen, dass ihm Menschen begegnen könnten, setzte er seinen Weg auf dieser Straße fort und kam nun noch schneller voran. Die Ortschaften, an denen er vorbeikam, flogen nur noch so an ihm vorüber. Was ihm im Weg stand, wurde einfach von der Straße geworfen oder getötet.

Als der nächste Morgen graute stand der Greng endlich vor dem Palast von Isir und König Gomar.

Bisher war die Festung der Flüche das größte Bollwerk, das er je gesehen hatte, aber in diesen riesigen Bau vor ihm passten sogar mehrere Festungen der Flüche hinein.

Vor ihm spannte sich eine riesige Brücke aus schwarzem Gestein über eine Schlucht, deren Grund er nicht erkennen konnte. Die Brücke endete an einem Tor, durch das leicht zwei Armeen ungehindert marschieren konnten.

Mit seinem hölzernen Arm hämmerte er an das bronzene Tor, das mit einer Vielzahl von Bildern übersät war. Eine Weile tat sich nichts, dann aber tat sich ziemlich weit unter ihm eine kleine Tür auf. Ein breitschultriger Mann in schwarzer Rüstung trat heraus und ihm traten schier die Augen aus den Höhlen, als er den Greng sah. »Wer...? Oder eher was seid Ihr? Und was wünscht Ihr?«, fragte der Mann ungläubig.

Der Greng sprach in Gedanken zu dem Mann. »Gehe zu deinem Herrn und melde mich! Sage ihm, dass ich ihm das Ei Salith sowie die dritte Schwester herbeischaffen kann.«

Schnell verschwand der Mann wieder durch die schmale Tür. Kurz darauf setzte sich das riesige Tor rüttelnd in Bewegung und gewährte dem Greng den Zutritt zum Palast.

Vor ihm war eine riesige Armee aufgebaut. Hunderte von gespannten Armbrüsten zeigten direkt auf ihn und soweit er es ausmachen konnte, standen auf den Türmen, Zinnen und Wehrgängen weitere Bogenschützen, die ebenso ihre Pfeile auf ihn gerichtet hielten. Doch es drohte ihm keine nennenswerte Gefahr. Mit jedem Schritt, den der Greng vorwärts trat, wich das kleine Herr ängstlich vor ihm zurück, ohne jedoch die Waffen zu senken.

»Du kannst mir also Salith und die Schwester bringen?« Der dunkle Herrscher Gomar trat furchtlos aus der Menge hervor. Die ihn umringenden Soldaten spannten sich geräuschvoll an, Leder knirschte und Schwerter wurden gezogen.

»Wer bist du? „Wandelnder Baum" oder wie soll ich dich nennen?«, feixte Gomar in die jetzt folgende Stille hinein.

Der Greng betrachtete eine Weile den Herrscher, von dem er schon so vieles gehört hatte, und erkannte in ihm eine Seele, die ähnlich dunkel war wie die seine.

Wieder sprach der Greng in Gedanken. »Man nennt mich Greng. Die, die Ihr suchst, König Gomar, ist auf dem Weg hierher, denn sie will die Schwestern befreien. Da ich jedoch auch noch eine Rechnung mit dem Mädchen offen habe, glaube ich, haben wir ein gemeinsames

Interesse. Ich bin demnach gekommen, um Euch meine Unterstützung anzubieten.«

Erbost über die Art und Weise, wie der Greng mit ihm sprach, gab der König wütend zurück. »Wie kannst du es wagen, mich so anzureden! Wie solltest du mir denn nützlich sein können? Willst du Holz spenden für meinen Kamin oder die Essen reinigen mit deinen langen Armen?« König Gomar verfiel in lautes Lachen und das aufgestellte Heer hinter ihm tat es ihm brüllend gleich.

Daraufhin beugte der Greng sich etwas vor und griff blitzschnell nach einem Bogenschützen, der dicht bei ihm stand. Der Mann schrie um sein Leben, als er in die Luft gerissen wurde.

Ein Zucken ging durch die Menge, doch König Gomar gab nicht das Zeichen zum Angriff, sondern ließ seine Armee verharren.

Einen kurzen Moment später landete die Rüstung des Mannes mit lautem Scheppern auf den gepflasterten Boden, bevor eine kleine Wolke aus Staub in westliche Richtung mit dem Wind verflog.

»So so, dazu bist du also fähig. Das war sehr eindrucksvoll, Greng.« Gomar erkannte, dass sein Gegenüber durchaus nützlich für seine Pläne sein konnte. »Sag, was verlangst du für deine Dienste?«

Der Greng tat, als überlege er. „König, wenn Ihr bekommen habt, was Ihr wollt, dann überlasst mir einfach das Mädchen und gebt mir ein

Schiff, mit dem ich wieder in meine Heimat reisen kann.«

Gomar machte einen Schritt auf den Greng zu und hob die Hand, um mit ihm auf das Geschäft einzuschlagen. Dann jedoch erinnerte er sich an das Schicksal seines Soldaten und senkte den Arm schleunigst wieder. »Der Handel gilt! Bring mir das Mädchen und du bekommst, was du verlangst. Sei für heute mein Gast, dann erfülle deine Aufgabe!«

Gomar bat den Greng, ihm zu folgen. Die Armee bildete eine Gasse. Ängstlich betrachteten die Soldaten das Wesen, das ihren Kameraden sich wie nichts hat in Staub auflösen lassen. Den Greng kümmerte das nicht. Er witterte nur eine Gelegenheit und die musste er jetzt nutzen. Ohne weitere Probleme konnte der Greng den Palast des Königs passieren.

Alles war riesig. Selbst der Thronsaal war so groß, dass eine kleine Armee darin Platz gehabt hätte. Eilig liefen Lakaien heran und brachten Speisen und Getränke.

»Erzähl, Greng, wo kommst du her und wozu benötigst du ein Schiff?«

Mit gierigen Augen schaute der Greng sehnsüchtig auf all die schönen Speisen, die er nun nicht mehr zu sich nehmen konnte. Aus seinen Gedanken gerissen schaute er den König an. »Ein Schiff, ja, das benötige ich, um nach anderen meiner Art zu suchen. Das soll Euch aber nicht weiter kümmern, König!«

Gomar lief tiefrot an. »Verkauf mich nicht für dumm! Sag mir, wozu du das Schiff wirklich brauchst!«

Der Greng jubelte innerlich. Er hatte den König an einer empfindlichen Stelle getroffen, seinem Ego. »Mein König, kommt näher und ich erzähle Euch mein Geheimnis!«, seuselte er.

Gomar zögerte, aber die Neugier hatte ihn gepackt. Langsam stieg er von seinem Thron und schritt auf den Greng zu. Keiner der Diener rührte sich. Sie ahnten nicht, welch böses Geheimnis den Greng umgab.

Kaum kam Gomar in Reichweite des Greng, war es auch schon um ihn geschehen. Wie die Zunge einer Schlange schnellten dessen Äste hervor und die Zweige umschlossen fest den Körper des Königs. Gomar schrie panisch auf und starrte noch in die von Hass und Gier zerfressenen Augen des Greng, bevor er zu Staub zerfiel.

Die Menschen, die sich im Thronsaal befanden, stürmten nun schreiend auf die Ausgänge zu, doch sie hatten keine Chance zu fliehen. Tentakelartig schossen die frischen, grünen Triebe aus den Händen des Greng in alle Richtungen. Aufmerksam gemacht von dem Lärm traten Wachen in den Saal und starben ebenfalls schnell und fast lautlos.

Das Ganze dauerte nur einen kurzen Augenblick, dann war jegliches Leben vernichtet. Der Greng hingegen wuchs und wuchs. Wie von Sinnen lief er aus dem Thronsaal. Die einst so große zweiflügelige Tür erwies sich nun als sehr eng. Mühsam zwängte er sich nach draußen, wo ihn schon Hunderte von Soldaten erwarteten.

Wieder schossen die hölzernen Tentakel aus seinen Armen und die Reihen der Soldaten verdampften förmlich. Mit jedem toten Soldaten wurde der Greng größer. Schließlich fegte er mit einem letzten Wisch seines Armes den Palasthof leer. Der Himmel verdunkelte sich und es wurde finster, als die riesige Staubwolke sich in Richtung Westen mit dem Wind bewegte.

Fast ohne Kraftanstrengungen riss er danach den Turm des Verlieses ein, in dem die beiden Schwestern gefangen waren. Er gab sich den beiden Frauen gegenüber als Retter aus. Mit seinen Gedanken sprach der Greng den beiden beruhigende Worte zu. »Keine Angst, ich werde euch nichts tun. Syrianna schickt mich, um euch zu befreien. Haltet still und ich befreie euch. Berührt mich nicht! Haltet still!«

Mühelos zerriss er die Ketten der einen und befreite auch die andere Schwester aus dem Verlies. »Geht! Geht in Richtung dieses Berges, dort wartet Syrianna. Geht und schaut nicht zurück!« Die Schwestern schenkten ihm Glauben und liefen um ihr Leben.

Nachdem sich der Greng auch noch an den restlichen Gefangenen gütlich getan hatte, verließ auch er den Palast und folgte den beiden Mädchen. Nichts und niemand regte sich mehr im Innern des Palastes. Das Königreich Isir war seines dunklen Regenten beraubt und der Greng, der nun ohne große Anstrengungen die Palastmauer überschreiten konnte, hielt auf einen der großen Berge zu, um sich dort auf die Lauer zu legen.

EINE WAFFE GEGEN DAS BÖSE

Syrianna war die erste, die den Palast von König Gomar betrat, und war wie auch Areidon darüber verwundert, dass das Palasttor ungeschützt und weit offenstand. Im Innenhof erwartete sie ein Chaos aus Steinblöcken, Trümmern und - noch weit merkwürdiger - Hunderten von Rüstungen und Waffen. Alles war bedeckt von einer schwarzen Staubschicht.

Areidon bückte sich und untersuchte den schwarzen Belag. Besorgt blickte er zu Syrianna auf. »Hier war dunkle Magie am Werke. Etwas unheimlich Böses trieb hier sein Unwesen. Wir müssen auf der Hut sein, Kind. Lass uns nach deinen Schwestern suchen, dann ziehen wir sofort weiter!«

Langsam schritt Syrianna über den Palasthof. Nirgends war eine Menschenseele zu sehen, kein Geräusch durchdrang die riesige Feste. Auch dort, wo einst das Gefängnis war, fanden sie keinen einzigen Gefangenen, nur leere Zellen vor. Ungläubig schaute sich Syrianna um.

In einem kleinen Verlies tief im Boden entdeckte sie eine dunkelblaue Robe, wie sie die Schwestern trugen, als sie noch im Palast von Kisdra waren. Sie mussten demnach hier gewesen sein. Was war mit ihnen geschehen? Etwas tief in ihrem Innern verriet ihr aber, dass die beiden Frauen noch am Leben waren.

Im schwarzen Staub fand Areidon auch die Spuren von zwei Personen, die sich in Richtung der Berge entfernt hatten. Doch er wunderte sich, was die kleinen Äste und Zweige auf demselben Weg zu bedeuten hatten. Er hob einen der Zweige auf, um ihn näher in Augenschein zu nehmen, als ein unsäglicher Schmerz seinen Körper durchfuhr. Ihm schwand die Sicht und er schrie so gellend auf, dass Syrianna sofort zu ihm geeilt kam. Eine pechschwarze Linie zog sich über den Arm des Dwilish bis zu seiner Schulter hinauf.

Syrianna erschrak, erahnte aber sogleich die Ursache und schlug mit einem Speer den Zweig aus seinen Händen. Sofort hörten die Schreie des Mannes auf und er sackte nach vorn auf die Knie. Sein rechter Arm sah aus, als sei er verbrannt, und auch Syrianna spürte nun die dunkle Magie, die deutliche Spuren unter Areidons Haut hinterließ. Es schien als zogen die schwarzen Linien in schlangengleicher Bewegungen immer weiter in seinen Körper hinein.

Plötzlich richtete der Dwilish sich auf und stürmte auf Syrianna zu. Erschrocken sprang sie förmlich nach hinten.

Areidons Augen waren mit feinen blauen und roten Linien durchzogen. Das waren nicht mehr seine Augen!

Der einstige Dwilish griff Syrianna an. Seine rechte Hand schnellte hervor, um sie zu berühren, doch sie wich ihm immer wieder aus. Gekonnt rollte sie sich über den Boden, als sie einem erneuten Vorstoß entgehen musste, und schlug hart gegen eine der schweren Rüstungen, die überall verstreut lagen. Instinktiv griff sie nach einem langen Zweihänder und schlug zu.

Areidon sackte in sich zusammen wie ein leerer Sack. Der Griff des riesigen Schwertes hatte ihm am Hinterkopf getroffen.

Ungeachtet ihrer verletzten Hände sprang sie auf, suchte in aller Eile Stricke und Stangen und fesselte ihn nach allen Regeln der Kunst. Verschnürt wie eines der Pakete, die auf Schiffe verladen wurden, lag der Dwilish nun vor Syrianna Füßen.

Dann erst nahm sie sich die Zeit, ihre Wunden zu versorgen. Das Schwert hatte beide Hände bis auf die Knochen verletzt. Sie visualisierte eine der Heilrunen, die Fefeene ihr beigebracht hatte, und verschloss die Schnitte.

Wieder trat sie an Areidon heran. Noch war er ohne Bewusstsein und noch immer durchzogen diese dunklen Linien seinen ganzen Körper. Erneut beschwor sie die Heilrunen herauf. Als würde sie in Gedanken einen riesigen kalten Raum betreten, trat sie in Areidons Körper ein. Wogen dunkler Macht versperrten ihr den Weg und versuchten, sie zu vertreiben. Mutig sprach sie den Heilzauber aus und Linie um Linie löste sich in weißen Rauch auf.

Stundenlang dauerte dieser Kampf. Erst als sie sicher war, auch die allerletzte der schwarzen Linien beseitigt zu haben, verließ sie den großen Raum und trat aus Areidons Körper und Geist.

Der Dwilish schlug die Augen auf. Erschrocken blickte er Syrianna an, die jetzt schwer atmend neben ihm hockte. Es dauerte eine Weile, doch dann erinnerte er sich. »Kind! Ich weiß, was hier vor sich gegangen ist, ich habe ihn gesehen. Es war fürchterlich! Was habe ich nur getan? Ich bin schuld am Tod all dieser Menschen!«

»Areidon, wieso sollte die Schuld denn bei dir liegen? Ich verstehe das nicht.«

Seine Augen füllten sich mit Tränen. »Binde mich los, ich will dir alles erklären.«

Skeptisch schaute Syrianna ihn an. »Du bist dir sicher, dass du mich nicht mehr töten willst?«

Der Dwilish nickte mit entschuldigender Miene. »Verzeih mir, Kind, ich war nicht Herr meiner Sinne. Die Dunkelheit des Greng hatte Macht über mich gewonnen.«

Konnte sie sicher sein, dass Areidon die Wahrheit sagte? Vorsichtig durchtrennte

Syrianna die Fesseln, doch sie blieb auf der Hut.

Er rieb sich sie Handgelenke. »Du hast mir das Leben gerettet. Ich stehe tief in deiner Schuld, Syrianna.« Sie winkte ab.

»Also, hör zu! Der Greng war hier. Und er ist verantwortlich für dieses Chaos.« Areidon machte eine ausladende Geste. »Ich habe ihn gesehen. Es war als könne ich kurzzeitig durch seine Augen sehen. Er ist in den Bergen. Er erwartet uns. Und er hat die Schwestern bei sich. Irgendwie ist es ihm gelungen, meinen Bannspruch zu durchdringen. Es scheint, als nutze er die Naturmagie für seine dunklen Pläne. Genau diese Macht habe ich ihm gegeben, was für ein Fehler!«

Areidon sank in sich zusammen und verfiel in schwere Gedanken. Abwesend starrte er in den Palasthof und rühre sich nicht. Er schien nicht einmal mehr zu atmen.

Dann löste er sich aus seiner Starre und sprang auf. In seinem Blick erkannte Syrianna nun die gewohnte Entschlossenheit. »Komm, Kind! Wir müssen den Greng finden und seinen Feldzug beenden, sonst wird der zur Gefahr für alle Welten. Einst gab es ein ganz ähnliches Wesen, welches die Naturmagie an sich riss, und dabei starben Millionen von Menschen. Ich will meine Schuld wieder gutmachen, indem ich den Greng vernichte, ist es auch das Letzte, was ich tue.«

Areidon reichte ihr seine Hand und half ihr auf. Noch war sie vom Kampf mit der Dunkelheit in Areidon geschwächt.

Er benetzte seinen Finger mit einer Flüssigkeit, die er in einer kleinen grünen Flasche bei sich trug. »Tritt näher zu mir, hab keine Angst! Hiermit soll es dir gleich besser gehen.«

Syrianna zögerte, trat aber heran. Areidon berührte sie mit seiner Hand und zeichnete eine weitere Rune auf ihre Haut.

Etwas durchströmte Syrianna. Ihr war, als würde sie in einen kalten Gebirgsbach springen. Sofort wurden all ihre Lebensgeister geweckt. Sie spürte, wie reine Energie sie durchfuhr und sie stärkte.

Dieser Dwilish verblüffte sie immer wieder. »Wie hast du das gemacht? Lass mich von dir lernen!«

Areidon lachte nur. »Alles zu seiner Zeit, alles zu seiner Zeit.«

Syrianna triumphierte. »Vorhin sagtest du, du ständest in meiner Schuld. Dies ist eine Gelegenheit, die Rechnung zu begleichen.«

Areidon lachte laut auf. »Typisch, die Waffen einer Frau! Nichts vergesst ihr, was für euch von Vorteil ist. Warte einfach, bis es an der Zeit ist, Kind, und erzwinge nichts.«

Syrianna schüttelte enttäuscht den Kopf. Ohne weiter darauf einzugehen, setzte Areidon seinen Weg fort und Syrianna hatte fast Mühe, mit ihm Schritt zu halten.

In der Ferne am Horizont zeichnete sich ein riesiges Bergmassiv ab. Das war ihr Ziel. Dort waren ihre Schwestern und schon bald waren sie wieder vereint. Dann würden sie Salith holen und den Vogel befreien, damit Königin Kisdra die gerechte Strafe für all ihre Gräueltaten bekam. Seit jeher verurteilte diese König Gomar und war ihm dabei gar nicht so unähnlich. Auch sie hatte längst vergessen, was es hieß, sich um das Volk zu kümmern. Auch sie wollte nur ihre Macht stärken und Reichtümer anhäufen, um immer größere Armeen zu erschaffen und mit ihnen mehr Land zu erobern.

Syrianna hielt ruckartig inne. »Areidon warte!«

Der Dwilish drehte nur den Kopf zu Syrianna. »Wir habe keine Zeit zum trödeln. Was du sagen willst, kannst du mir auch im Gehen sagen.«

»Nein! Warte! Bleib doch mal stehen!« Sie zog an seinem Ärmel. Er blickte sie ungeduldig an. »Was ist los?« In seiner Stimme klang Unmut mit.

»Areidon, du weißt, dass ich mit Magie und mit der Hilfe eines Rubins ein Tor erschaffen könnte, das uns sofort dorthin bringt, wo wir hin wollen. Gibt es vielleicht einen Weg, diese Art von Magie auch mit Runen zu benutzen. Damit hätten wir doch dem Greng gegenüber einen Riesenvorteil.«

Areidon überlegte angestrengt. »Ja, das könnte funktionieren. Es ist möglich, aber es kostet Kraft und Zeit, Zeit, die wir nicht haben.«

Syrianna jedoch beschwor ihn weiter. »Aber höre mir doch zu. Wir würden dadurch Stunden, sogar Tage sparen und Kraft sowieso, da wir ja dann nicht mehr so schnell und so weit rennen müssten. Zeig mir einfach, wie es geht und ich verknüpfe die Zauber miteinander.«

Areidon gab nach. »Gut, lass es uns versuchen. Schau her! Diese Runen hier verbunden mit den neuen Runen auf deinem Arm geben dir die magische Energie. Versuch es!«

Syrianna tat, was ihr aufgetragen wurde. Langsam formte sich ein Gebilde aus leuchtendblauen Linien, diese verblassten und erloschen jedoch sofort wieder.

»Reiß dich zusammen, Kind! Erst machst du einen solchen Vorschlag und dann glaubst du nicht daran. So wird das nichts! Ein Versuch hast du noch. Wenn es dir damit nicht gelingt, laufen wir weiter.«, schnaubte Areidon.

Syrianna reagierte kaum, sondern konzentrierte sich wieder auf ihre Aufgabe. Wieder flammten die blauen Linien auf, diesmal um ein Vielfaches stärker. Sie verstrickte sie miteinander zu einem festen Gewebe. Dann bog sie die Ränder, wie sie es von Dylan in Arida gelernt hatte. Kurz verblassten die Linien, als ihre Gedanken zu ihrem Liebsten abschweiften, und sie hörte aus der Ferne nur »Syrianna!«, fasste sich wieder und bog das Gewebe zu einem Tor, das sie im Boden verankerte. Zufrieden schaute sie sich um. »Ich sagte dir doch, dass ich es schaffen kann. Nun komm schon, wir haben keine Zeit!« Sie trat durch das Tor und Areidon folgte ihr.

Eiseskälte, die ihr den Atem nahm, schlug Syrianna entgegen. Hier oben auf dem Berg tobte ein Schneesturm, der sie fast von den Beinen riss.

Zweifel überkamen sie. War das wirklich der Ort, an dem Areidon den Greng gesehen hatte? Der Dwilish stolperte fast über Syrianna. Ebenso erstaunt über das Wetter schaute er sich um. Dann zeigte er bergauf in eine Richtung. Durch den dichten Schneesturm konnte man die riesige Höhle nur schwer erkennen. Syrianna nickte und langsam setzten sie sich in Bewegung.

Kurz vor Erreichen der Höhle zog Areidon etwas aus seiner Tasche, das aussah wie ein Elfenstab. Aus ihrer Zeit in Arida wusste sie, dass ein solcher Stab eine sehr mächtige Waffe im Kampf gegen das Böse war. Damit würden sie also dem Greng gegenübertreten können.

Der Sturm erstarb schlagartig, als die beiden die Höhle betraten. Nur noch das Heulen des Windes war nun noch im Hintergrund zu vernehmen.

Tief in der Höhle brannte ein kleines Feuer vor dem zwei Frauen kauerten. Nur spärlich bekleidet saßen sie eng aneinander geschmiegt und zitterten.

In ihrem Blick stand die nackte Angst geschrieben und Syrianna ahnte sofort, dass dies eine Falle war. Dass Pergen feige war, wusste sie seit ihrer ersten Begegnung, doch war der Greng weit und breit nicht zu sehen.

Laessa nickte unmerklich in eine Richtung und Syrianna folgte ihrem Wink. Oben an der Decke der Höhle konnte sie das Blattwerk und die Zweige eines Baumes ausmachen. Die Krone des Baumes war riesig und füllte die natürliche Kuppel der Höhle fast vollständig aus.

Syrianna erschrak. In ihrem Kopf ertönte seine Stimme. »Tritt ein, komm näher und setze dich zu deinen Schwestern. Ihr habt euch sicher viel zu berichten!«

Allen Warnungen zum Trotz eilte sie zu ihren Schwestern. Zu spät bemerkte sie das Netz aus Seilen und schneller als ihr Verstand begriff, war Syrianna gefesselt und konnte sich nicht mehr rühren. Ihre beiden Schwestern brachen in Tränen aus.

Areidon tauchte mit dem Stab hinter ihr auf. Das gleißende Licht, das die Waffe nun aussendete, hielt er auf die Seile gerichtet, die Syrianna gefangen hielten. Sofort flammten diese auf und lösten sich in nichts auf.

»Lauft!«, schrie Areidon. Syrianna griff nach den Händen der Mädchen und zerrte sie mit sich aus der Höhle.

Vor ihnen versperrte eine Wand aus dichten Ästen und Zweigen den Weg. Areidon schnitt ihn einen Pfad hindurch mit dem Stab frei. Jedes Mal, wenn der Lichtstrahl das Gestrüpp berührte, vernahm man ein schmerzhaftes Stöhnen.

Von Ästen zerkratz und mit Mühe erreichten sie den rettenden Ausgang. Im Augenwinkel konnte Syrianna sehen, wie Areidon von den Füßen gerissen wurde. Noch einmal rief er den drei Frauen hinterher: »Lauft! Flieht! Syrianna, baue ein Tor, schnell! Wir treffen uns im Palast von Isir.«

Hastig wob sie das magische Portal. »Im Palast von Gomar seid ihr sicher! Bewaffnet euch dort! Ihr werdet alles finden.« Fragend blickten beide Schwestern Syrianna an. »Keine Angst, der König ist tot und alle anderen ebefalls. Geht nun! Den Rest erkläre ich euch später.« Laessa und Firyth durchschritten gehorsam das Tor.

Syrianna kam eine Idee. Auch sie schritt durch das Portal, löste den Zauber aber noch nicht auf. Im Palasthof suchte sie eilig nach einem guten Bogen. Nachdem sie eine geeignete Waffe gefunden hatte, trat sie zurück in die Kälte des Berggipfels und hinein in die Höhle, in der Areidon jetzt mit dem Greng kämpfte.

Der Boden war übersät mit armdicken Ästen und Berge von Laub türmten sich vor dem Eingang der Höhle. Areidon schnitt dem Greng systematisch die Gliedmaßen ab und murmelte dabei etwas in einer Sprache, die sie nicht verstand.

Um Haaresbreite verfehlte sie einer der dicken Zweige, die mit dem Ziel umherwirbelten, Areidon zu vernichten. Sie spannte den Bogen, rannte zum Feuer und setzte ihren Pfeil in Brand. Ohne zu zögern zielte sie direkt auf den riesigen Holzstamm, aus dem ihr zwei Augen böse entgegen starrten.

Areidon spürte die Hitze des Brandpfeils, so dich schoss Syrianna an ihm vorbei. Im rechten Auge des Greng blieb der Pfeil stecken. Sofort brannte der Stamm lichterloh und ein ohrenbetäubender Aufschrei ging durch die Höhle. Gesteinsbrocken lösten sich von der Höhlendecke. Syrianna schoss einen weiteren Pfeil auf den Greng. Diesmal traf sie ihn am Bein. Blut floss in Strömen aus der Wunde und wieder schrie der Greng wie von Sinnen.

Ein riesiger Ast riss Areidon von den Füßen, wobei ihm der Stab aus den Händen rutschte. Augenblicklich war es dunkel in der Höhle. Nur noch das lodernde Feuer, das von dem Greng ausging, beleuchtet das Szenario. Dieser kreischte noch immer laut in ihrem Kopf, verlor aber gleichzeitig an Größe.

Sie stürzte zum scheinbar verletzten Areidon und half ihm auf. Er lehnte sich erschöpft an die Felswand. »Hole den Stab, Kind! Wer ihn trägt, dem kann seine Magie nichts anhaben. Schnell, beeile dich oder er wird uns töten.« Areidon sackte noch tiefer in sich zusammen.

Wieder schoss Syrianna einen brennenden Pfeil auf den Greng und setzte sich dann sofort in Bewegung, um den Stab zu holen. Immer wieder musste sie den wild um sich schlagenden Ästen ausweichen, um nicht von ihnen berührt zu werden.

Fast schon hatte sie den Elfenstab erreicht, als eine Erschütterung durch den Berg ging. Eine riesige Steinplatte kippte von der Höhlendecke auf Syrianna zu. Mit einem unmenschlichen Satz sprang sie vorwärts und spürte, wie ihre ausgestreckten Finger den Stab fest umschlossen. Sie rollte sich zur Seite, sah dabei hinauf zur Höhlendecke und den riesigen Stein auf sich zu kommen. Sie stieß sich mit den Füßen von der Wand vor ihr ab und im gleichen Augenblick schlug der riesige Fels um Haaresbreite neben ihr auf. Die Wucht des Aufpralls warf tausend kleine Steinchen und Splitter durch die Höhle.

Sie hatte den Stab, doch wo war Areidon. Sie konnte ihn nirgends entdecken, wie sehr sie auch suchte. Die Luft war schwer von Staub. Sie eilte in die Richtung, in der sie den Eingang der Höhle vermutete, sah das Licht des magischen Portals und warf sich mit letzter Kraft hindurch.

Areidon lag neben dem Tor im Hof des Palastes, er rührte sich nicht mehr. Von den Schwestern keine Spur. Sie verstand nicht, was hier geschehen war. Sie hatte die Schwestern doch selbst hierher geführt?

Dann begriff sie, als sie die unzähligen Zweige sah, die neben dem Portal schwelten. Der Greng war ebenfalls durch ihr Tor geflohen!

Sie schalt sich selbst dafür, das Tor nicht geschlossen zu haben. Schnell machte sie sich daran, Areidon zu heilen. Sie durften keine Zeit verlieren.

Aber der Dwilish war derart schwer verletzt, dass an eine Verfolgung jetzt noch nicht zu denken war. Das Heilen kostete sie viel Kraft und danach sank sie erschöpft gegen einen der riesigen Steinblöcke, die hier überall verstreut lagen.

Syrianna nutzte die Zeit, um sich den Stab genauer anzuschauen. Jetzt erkannte sie, dass er tatsächlich in Form und Größe dem des Elfenstabes ähnelte, allerdings war dieser hier mit völlig anderen Beschriftungen übersät. Die kunstvoll im Stab eingelassenen Edelmetalle und deren reiche Verzierungen fehlten völlig. Er war nur ähnlich schwer, obwohl Syrianna sich sicher war, dass das verwendete Material ziemlich gleich sein musste.

Der Stab war von oben bis unten mit Runen beschriftet, von denen Syrianna einige wiedererkannte, weil sie sie selbst am Körper trug. Einige dieser Zeichen Runen hatte Areidon sie gelehrt zu entziffern. Also versuchte sie, die Beschriftung zu übersetzten und sprach sie leise vor sich her.

Ein Vibrieren ging durch den Stab und ein grelles rotes Licht erschien an seiner Seite. Sobald dieses Licht auf die von dem Greng hinterlassenen Zweige traf, lösten sie sich in Nichts auf. Alles nebenher blieb verschont. Es musste also eine Waffe sein, die sich ausschließlich gegen das Böse richtet, gegen dunkle Magie.

»Du lernst schnell, Kind.« Areidon war erwacht und nickte Syrianna anerkennend zu. »Diese Waffe zu aktivieren und zu führen erfordert viel Kraft und Wissen über die Bedeutung der einzelnen Runen. Es gibt nur wenige, die sich als Meister des Stabes behaupten konnten, zu wenige. Du jedoch darfst dich von nun an dazuzählen.«

Syrianna verstand nicht, was Areidon da von sich gab. »Erkläre es mir. Wie kann ich eine Meisterin sein, indem ich diese Runen lesen und sie aktivieren kann? Das will mir nicht in den Kopf.«

Der Dwilish setzte sich zu ihr an den Steinblock. »Dieser Stab trägt den Namen Celbin, er bedeutet so etwas wie ‚Lichtbringer‘

oder ‚Lichtfreund'. Er ist älter als alles, was wir kennen. Seid Tausenden von Jahren wurde das Geheimnis des Stabes von unserem Volk behütet und weitergeben. Seine Macht ist unermesslich groß. Niemand weiß, woraus er seine Kraft bezieht. Viele schon haben versucht, das zu ergründen, aber niemanden ist es gelungen. Gewiss ist, dass er nur das Dunkle und Böse bekämpft. Um einen Kampf zu beginnen und einen Angriff zu starten ist er als Waffe also kaum geeignet. Sein einziger Zweck ist es, alles zu vernichten, was mit dunkler Magie zu tun hat, und nur jemand, dem eine aufrichtige Seele innewohnt, kann diesen Stab dazu benutzen.«

Syrianna nickte. »Ich habe so etwas Ähnliches schon einmal bei den Elfen gesehen, nur das dieser hier bei weitem nicht so schön ist. Aber auch der Elfenstab richtet sich ausschließlich gegen das Böse. Vielleicht weiß ja das Volk der Elfen, woher er ursprünglich stammt?«

Erstaunt schaute Areidon auf. »Du willst den Elfen diesen Stab zeigen? Das geht nicht! Es ist deine Pflicht, sein Geheimnis zu schützen! Niemand darf davon erfahren!«

Verärgert drehte er sich von Syrianna weg. Syrianna wusste, dass sie jetzt nicht weiter mit dem alten Starrkopf zu reden brauchte. Und auch wenn ihr so viele Dinge durch den Kopf schwirrten, sollte sie besser ebenfalls die Augen schließen und versuchen zu schlafen.

FLUCHT NACH MOHAWYN

Der Greng konnte kaum glauben, was geschehen war. Wie geplant waren ihm die zwei Schwestern in seine Falle gegangen. Doch dann schien es plötzlich, als würde er den Kampf verlieren. Diese Waffe, die der Dwilish da mit sich führte, war gefährlich. Er spürte wie seine Kraft schwand. Wäre dieses Weib Syrianna nicht zurückgekommen, hätte er ihn besiegen können, dessen war er sich sicher.

Allein die Dummheit des Mädchens, das Tor geöffnet zu lassen, verschaffte ihm noch einmal einen Vorteil. Nachdem er die Steinplatte von der Höhle gelockert hatte, war er durch das Portal geflüchtet.

Derart gestutzt hatte der Greng kaum Mühe gehabt, durch das Tor zu gelangen und seine Freude war umso größer, als er auf der anderen Seite die beiden Schwestern entdeckte. Rasch formte er ein weiteres Tor und zwang die Mädchen dort hindurch.

Laessa stützte Firyth, die sich bei ihrer Flucht verletzt hatte. Was hatte dieses hölzerne Monster nun mit ihnen vor? Wohin brachte es sie jetzt? In einiger Entfernung konnten sie die

Lichter einer Stadt ausmachen. Die düstere Stimme in ihrem Kopf befahl, ihnen ein Nachtlager zu bereiten. Laessa gehorchte, aber mit jedem Schritt, den sie tat, versuchte sie ein Zeichen für Syrianna zu hinterlassen.

Spät in der Nacht befahl die Stimme des Greng in ihrem Kopf, sie sollten aufstehen. »Wir gehen zum Hafen und ihr bleibt still, ansonsten töte ich euch auf der Stelle!«

Wortlos setzten die beiden Schwestern sich in Bewegung. Immer wieder ließ Laessa wie zufällig Steine fallen, um Zeichen zu hinterlassen, oder brach Äste, die sie mit Runen versehen hatte, die nur Syrianna kennen konnte. Mehr konnte sie nicht tun.

Die kleine Hafenstadt Mohawyn war wie ausgestorben, nur aus einer Schenke dicht an der kleinen Kaimauer hörten sie noch den Lärm von feiernden Menschen. Die Straßen waren leer und kaum beleuchtet. Am Kai lagen drei kleine Schiffe, eines davon war ein älteres Flussschiff. Man konnte dessen Namen ‚Sonara' kaum noch entziffern, so sehr war die Farbe schon verblichen. Zwei Männer bewachten zwar den Hafen, leisteten ihren Dienst jedoch alles andere als pflichtbewusst. Der eine, offenbar eine Ankerwache, summte leise ein Lied vor sich hin und traf kaum einen Ton richtig. Der andere hielt noch den Becher Wein in der Hand, mit dessen Inhalt er seine

Uniform übergossen hatte. Sein Schnarchen klang laut durch die Gassen.

Der Greng hielt so leise wie möglich auf das alte Flussschiff zu. Mit seinem Gewicht setzte er den Holzbohlen hier am Kai sehr zu und es knarrte verdächtig. Fast lautlos glitten zwei seiner hölzernen Tentakel in Richtung der Männer, die sich sofort mit der Berührung in Staub auflösten.

Der Greng hatte nicht viel Erfahrung von der Seefahrt, doch das wenige, das er wusste, musste reichen. Ursprünglich war er geneigt gewesen, ein Tor zu weben, wusste allerdings nicht, ob ein magisches Portal jemals so weit gereicht hätte. Daher blieb ihm keine andere Wahl, als den Weg über das Meer anzutreten.

Fast geräuschlos ließ er die ‚Sonara‘ aus dem Hafen laufen und sie waren schnell auf offener See. Ihm war bewusst, dass Syrianna ihm folgen würde. Er musste sich also beeilen und vor allem seine Spuren verwischen.

In Arida wartete das magische Buch von Zoria auf ihn und mit seinen jetzigen Kräften hätten das Mädchen und der Dwilish keine Chance mehr. Zwar wusste der Greng noch nicht genau, wie er bis zu seinem Versteck in Grywald kommen sollte, aber er würde alles daran setzen, die alte Burgruine schon sehr bald zu erreichen. Damit wäre der Weg seiner Rache geebnet und er würde schon einen

Zauber im Buch finden, der seine Feinde endgültig in die Knie zwang.

Fieberhaft überlegte Syrianna, was der Greng vorhatte. Durch seine Flucht mithilfe des magischen Tores war es ihr unmöglich, auch nur zu erahnen, wo er sich aufhalten könnte. Zu Königin Kisdra würde er nicht gehen. Eher wird er sich in einem der Hafenstädte verstecken, dort findet man immer irgendeinen Unterschlupf. Sie sprang auf und trieb Areidon an, sofort weiterzureisen. Der jedoch bremste sie. »Selbst wenn du mit deinen Vermutungen Recht hast, Syrianna, würden wir ihn nicht einholen. Bedenke, dass alle großen Hafenstädte wissen wer du bist. Man wird dich dort festnehmen. Also müssen wir einen anderen Weg finden. Aber, obwohl..., warte kurz.«

Der Dwilish verschmolz mit der Umgebung und änderte wie so oft seine Form. Vor Syrianna stand nun ein junger, sie verschmitzt anlächelnder Matrose. Dann murmelte Areidon einige merkwürdig klingende Sätze zu Syrianna und sie spürte, wie auch sie sich veränderte. »Himmel, was tust du? Was soll...«. Zu mehr kam sie nicht, denn auch sie trug nun Matrosenkleidung. Areidon holte einer der Karten hervor, die er immer mit sich trug. »Was glaubst du, Kind, wo könnte er sich versteckt halten? Der Hafen, der uns am nächsten liegt, ist der von Mohawyn. Ich kenne die Stadt. Äußerst üble Gesellen treiben dort ihr Unwesen, es ist dreckig und gefährlich für unbescholtene Bürger. Aber es kann gut sein, dass der Greng sich in Mohawyn aufhält. Er wäre da unter seinesgleichen, denn dort hat jeder etwas zu verbergen. Und mit unserer Verkleidung werden auch wir dort nicht auffallen.«

Nur Augenblicke später traten sie beide durch ein magisches Tor hinaus in die Hafenstadt.

FELDZUG

Tausende Hufe trommelten auf die ausgedörrte Steppe und ließen die Erde erbeben. Vor den Grenzhügeln von Isir ritt und marschierte eine riesige Armee auf das feindliche Land zu.

Königin Kisdra würde dem dunklen Herrscher Gomar nun endlich gegenübertreten. All die Jahre, in denen nicht einer ihrer Konflikte diplomatisch gelöst werden konnte, lasteten schwer auf ihrem Miteinander und nun war da auch noch die Entführung der Schwestern.

Kisdra wusste, wenn ihm auch noch Syrianna in die Hände fiel, würde ihr gesamtes Reich in Gefahr sein. Dann half auch die größte Streitmacht nichts, wenn Gomar beschloss, mit der Macht von Salith gegen sie und ihr Land zu reiten.

Mit aller Kampfkraft, die ihr zur Verfügung stand, wollte sie heute König Gomar gegenübertreten.

Seit vielen Tagen schon marschierten und ritten sie unermüdlich auf Isir zu. Nicht ein feindlicher Späher oder Kundschafter war ihnen bisher in die Quere gekommen. Es schien, als würde König Gomar in all seiner Arroganz fest darauf bauen, dass es niemand wagen würde, sein Reich anzugreifen.

Nun stand sie mit ihrer Armee schon fast vor seinen Toren. Das riesige Bergmassiv zeichnete sich vor ihnen am Horizont ab, dahinter schwach in der flirrenden Hitze des ausgedörrten Bodens, aber erkennbar der Palast.

Königin Kisdra unternahm gar nicht erst den Versuch, sich heimlich anzuschleichen oder mit einer List aufzuwarten. Nein, sie hielt direkt auf den Palast von Isir zu, denn sie wollte Gomar mit ihrer riesigen Streitmacht einschüchtern.

Mehrere Hörner ertönten und einige Garnisonen lösten sich von dem Hauptheer, schritten flankenartig auf den Feind zu. Leichte Infanterie formierte sich frontal zum Palast, Armbrust und Bogenschützen folgten ihnen. Voran ritt die Königin neben ihren persönlichen Soldaten.

Nichts und niemand würde sie heute aufhalten. Sie war davon überzeugt, obwohl sie auch sicher war, dem Kampf gegen Gomar viele ihrer Soldaten opfern zu müssen. Dennoch: der Sieg würde der ihrer sein, koste es was es wolle! Kisdra hob ihr Schwert und befahl so den Angriff auf den Palast von Isir. Wieder gaben Hörner Signale, woraufhin sich das Herr nun schneller in Bewegung setzte.

Ohne Widerstand gelangten die ersten Truppen in die Siedlungen, die vor dem Palast angelegt waren. Königin Kisdra war die erste, die kurz darauf ungehindert den Palasthof betrat. Auch hier war niemand, der sich ihr in den Weg stellte.

War es eine List? Ein Hinterhalt? Hatte der dunkle Herrscher durch seine Spione erfahren, dass sie einen Angriff gegen ihn plante? Fragen über Fragen schossen durch ihren Kopf. Aber wo sie auch hinschaute, nicht eine Menschenseele war zu sehen.

Zwar fasste sie den Eindruck, dass hier ein Kampf stattgefunden haben musste, aber abgesehen von den Trümmern, einem eingestürzten Turm und überall verstreut liegenden Rüstungen und Waffen, war es einfach nur gespenstisch still. Lediglich der heiße Wind war in den Gängen des Palastes zu hören. Nicht einmal ein Vogel flog kreischend über den Hof. Es war, als sei der Tod hier eingezogen.

Da Kisdra noch immer eine Falle vermutete, ließ sie vor den Toren Aufstellung nehmen und den Palast räumen. In alle Richtungen schickte sie Kundschafter und beriet sich mit ihren Heerführern.

Bis spät in die Nacht glich der Palast von Isir einer riesigen Belagerung, doch von einem Feind war noch immer nicht zu sehen.

Sollte es so einfach sein? Isir hatte ohne auch nur einen einzigen Verlust eine neue Königin? Zufrieden schaute Kisdra zum Horizont. Endlich war sie Gomar los. Wer auch immer ihr dabei geholfen hatte, es war ihr gleich. Nur eines ärgerte sie: Auch die beiden Schwestern waren spurlos verschwunden.

REISE NACH YAHRION

Es war stockfinster als die ‚Sonara' in den Südhafen einlief. Die Hafenwache schenkte dem Flussschiff kaum Beachtung, denn die Flussfischer fuhren zu jeder Tages- und Nachtzeit hier im Hafen umher und verschwanden dann wieder den Vire hinauf.

Genau das war auch das Ziel des Greng: den Fluss hinauf bis nach Yahiron und dann auf kürzestem Wege in sein Versteck in den Großwald. Dort waren sie solange sicher, bis Syrianna sie finden würde. Und er wusste, dass sie ihm folgte, denn die zwei Schwestern waren von großem Wert, auch für das Mädchen.

Neben der Schwierigkeit, die ihm das Durchfahren der Schleusen bereiten konnte, musste der Greng sich auch Gedanken darüber machen, wie er an Geld kam, denn die Tragulare oder wie sie sich auch nannten: die Schiffszieher verlangten nicht gerade wenig für das Ziehen der Schiffe, sobald eine Flaute es unmöglich machte, den Fluss aus eigener Kraft hinauf zu segeln.

Seitdem der Vire befahren wurde, entstanden sehr viele kleine neue Orte hier direkt am Fluss und so war es kaum mehr möglich, völlig unbemerkt zu reisen. Dem einen oder anderen Reisenden musste auch sie schon die Gelegenheit zur Mitfahrt verwehren. Nur bei denen, die ganz offensichtlich betuchter waren, denen man also einen gewissen Reichtum ansah, machte der Greng eine Ausnahme. Diese Reisegäste erreichten zwar nie ihr Ziel, füllten aber seine Kasse, während der Wind ihren Staub in alle Himmelsrichtungen trug.

Nach einigen Wochen musste er seine Vorräte auffrischen und dafür hatte er sich etwas überlegt. Er band das Mädchen Firyth unter Deck so an, dass einer seiner tödlichen Zweige an einem Seil direkt über ihrem Kopf hing. Eine aufgestellte Kerze würde - sobald sie heruntergebrannt war - dafür sorgen, dass der Tampen riss und der Ast auf das Mädchen fiel, um sie augenblicklich in Staub zu verwandeln.

»Gehe in die Stadt, besorge für uns neue Vorräte und sei besser zurück, noch bevor die Flamme das Seil erreicht, ansonsten ist es aus mit deiner Schwester!«, mahnte der Greng. Wortlos warf Laessa sich einen Umhang um und verließ schnellen Schrittes das Schiff.

Kaum dass sie von Deck und außer Sicht des Greng war, dachte sie daran, die Gelegenheit zu nutzen, um zu fliehen. Allerdings würde sie damit ihre Schwester in Gefahr bringen. Ihre

Gedanken überschlugen sich. Sie wusste nicht, was sie tun sollte.

Ungeschickt rempelte sie einen der Hafenwachen an, der sie daraufhin barsch anfuhr. »Wolltest du mich etwa bestehlen? Oder hast du einfach nur keine Augen im Kopf?« Sofort suchte er in seinen Taschen nach seiner Börse und atmete erleichtert auf, als er merkte, dass sie noch da war.

Laessa schlug das Herz bis zum Hals. Sollte sie die Wachen um Hilfe bitten? Konnten sie ihre Schwester befreien? Würde man ihr überhaupt Glauben schenken? Sie blickte den Mann an, der sie nun von oben bis unten musterte.

»Ich habe dich hier noch nie gesehen. Was suchst du hier?«, fragte er und trat einen Schritt zurück, nachdem er die Kapuze zurückgeschlagen hatte, unter der sich Laessa verborgen hielt. Er war sichtlich erschrocken über ihr mit Runen bedecktes Gesicht und zog sein Schwert. »Was bist du denn? Rede!«

»Mein Name ist Laessa. Ich bin Priesterin und reise mit dem Flussschiff ‚Sonara‘ nach Yahrion. Ich bin hier, um neue Vorräte zu kaufen. Könnt Ihr mir vielleicht raten, wo ich das am besten erledigen kann?« Sie tat schüchtern, fast schon unterwürfig.

Der Mann zögerte und musterte Laessa nochmals. »Hast du denn überhaupt Geld dabei? Oder willst du dir deine Vorräte stehlen?«

Laessa zeigte ihm ihre mit Goldstücken gut gefüllte Börse. Erstaunt nickte er. »Geh in diese Richtung, am Ende der Straße siehst du ein Wirtshaus namens ‚Zur Bootsplanke‘, dort kannst du alles, was du brauchst, in Auftrag geben und man bringt es dir zu deinem Schiff.« Sie bedankte sich höflich, schlug die Kapuze wieder über ihr Haupt und ging in die Richtung, die ihr gezeigt wurde.

Es kam, wie der Mann gesagt hatte: Sie gab ihre Bestellung im Wirtshaus auf, bezahlte die Ware und eilte dann zurück zum Flussschiff. Der Zusammenstoß mit der Stadtwache hatte sie wertvolle Zeit gekostet, die Flammen der Kerze würde sicher schon bald das Seil erreichen. Glücklicherweise kreuzte niemand ihren Rückweg.

Der Greng fauchte sie an, wo sie so lange gewesen war. Laessa wollte zu einer Erklärung ansetzten, doch der Greng schubste sie nur wieder unter Deck und verschwand dann in seinem Steuerhaus.

Wenig später hörten sie, wie erst das Schiff beladen und kurz darauf die Leinen gelöst wurden. Sie verließen den kleinen Hafen.

Die folgenden Tage verliefen einer wie der andere auf der ‚Sonara‘. Der Greng steuerte das Schiff und die beiden Mädchen durften nur bei Einbruch der Dunkelheit ihr Gefängnis verlassen. Gierig saugten sie dann die frische

Nachtluft auf, denn unter Deck war es die meiste Zeit unmenschlich heiß und stickig.

So verstrich die Zeit. Gerade als Laessa den Greng wieder auf den Verbrauch ihrer Vorräte ansprechen wollte, wies er die beiden Mädchen an, unter Deck zu bleiben und still zu sein. Er ankerte das Schiff und legte zum Schein die Netze aus. Erst spät in der Nacht liefen sie in den Hafen von Yahrion ein. Sie legten ganz am Ende des hölzernen Kai an.

Gerade als der Mond hinter einer Wolke verschwand, schlichen drei Gestalten von Bord der ‚Sonara' und eilten fast lautlos in Richtung Großwald.

Bevor sie jedoch das Schiff verließen, zeichneten die Mädchen heimlich einige Runen an Planken und Reling in der Hoffnung, Syrianna würde sie bemerken.

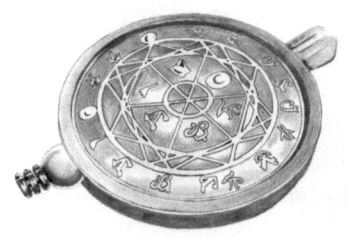

AUF OFFENEM MEER

Mohawyn war ein wirklich dreckiger Ort. Kaum hatten sie und Areidon einen Fuß in die kleine Stadt gesetzt, wurden sie auch schon in eine Schlägerei verwickelt. Zwei offenbar völlig betrunkene Matrosen waren der Meinung, dass sie die beiden kennen müssten und sie ihnen noch ein Bier schuldig wären.

Natürlich versuchte Syrianna, den aufkommenden Zwist freundlich zu klären, was aber die Streitlust der beiden nur noch weiter anfachte.

Ehe sie sich versah zog der kleinere von den beiden ein Messer und ging auf Areidon los. Blitzschnell wie eine Katze sprang Syrianna auf den Mann zu und hieb ihm das Messer aus der Hand. In der gleichen Drehung zog sie dem betrunkenen Kerl mit dem Stab Celbin so derart eins über, das dieser bewusstlos zu Boden stürzte.

Der andere Raufbold stutze erst, lief dann aber wutentbrannt mit gezogenem Schwert auf Syrianna zu. Sie parierte den Angriff und trat dem Mann mit dem Fuß unsanft in sein Gesäß, so dass er kopfüber in einem stinkenden

Haufen Pferdeäpfel landete. Die Menge, die sich um sie gebildet hatte, brach in tosendes Gelächter aus und feierte Syrianna.

Areidon zog sie am Ärmel beiseite. »Mädchen! Das ist nicht unser Plan, derart aufzufallen! Schau, dort drüben ist ein Wirtshaus. Lass uns dort einkehren, wir müssen von der Straße runter. Schnell! Die Hafenwache ist sicher schon im Anmarsch.«

Sie steuerte direkt auf die ‚Bootsplanke' zu. Wenigstens machte dieses Wirtshaus den Eindruck, dass man es betreten konnte ohne gleich aller Habseligkeiten beraubt zu werden.

Der Schankraum war gut besucht. Eine Wolke von Tabak und der Dunst von schalem Bier schlug ihnen entgegen. Aus einer Ecke war der Gesang eines Barden zu vernehmen, wenn auch der Lärm hier so dicht war, dass man ihn kaum verstand. Das allerdings, was Syrianna hören konnte, war ein angestrengtes Lauschen wohl auch nicht wert.

Areidon deutete auf einen freien Tisch direkt am Fenster zum Hof. Syrianna hätte sich eigentlich gern in die Nähe des Kamins gesetzt, doch war dort leider kein einziger Platz mehr frei.

Der Stuhl knarrte, als Syrianna sich setze und auch der Tisch vermittelte den Eindruck von ausgewaschenen Bootsplanken. Sie schaute sich um. Hier im Wirtshaus waren Soldaten, Matrosen, Händler, Bauern. Offenbar kümmerte es hier niemanden, woher man kam, solange man etwas Geld hatte und einen ausgab.

Ein kleiner Tumult entstand am Kamin, als einer der Matrosen einen anderen einen Betrüger nannte. Er knallte in voller Absicht die Würfel auf den Fußboden, die daraufhin in zwei Hälften zersprangen. Aus dem Inneren rollte eine Kugel, was zur Folge hatte, dass der dritte Würfelspieler im Bunde seine Faust direkt in das Gesicht des Betrügers schob. Sofort stürmten zwei riesige, mit Knüppeln bewaffnete Kerle herbei und zerrten die Streithähne nach draußen vor die Tür, baten dann freundlich prügelnd um die Zeche und verjagten die drei.

Ohne darauf zu achten, malte Syrianna auf der Tischplatte eine Rune nach. Abrupt hielt sie inne. »Areidon! Schau doch mal, hier. Das ist doch die Rune, die Laessa bezeichnet!«

Areidon begriff erst nicht, doch dann sah auch er die alten Zeichen, die blass in das Holz eingeritzt worden waren. Die Schnittstellen waren noch frisch, demnach konnte nicht viel Zeit vergangen sein, als die Schwester hier gewesen sein musste.

Aufgeregt blickte sich Syrianna in alle Richtungen um. Vielleicht hatte Laessa weitere Zeichen für Sie hinterlassen? Ihr Blick irrte durch den Raum und fiel dann durch das Fenster. In dem Hof, der vollgestellt mit Kisten und Gerümpel war, stand ein kleiner Schuppen. Die schiefe Eingangstür war aus der Angel gebrochen und zog ihre Aufmerksamkeit auf sich. Auf ihr prangte der Name ‚Sonara‘ neben der Rune von Laessa. Syrianna stieß Areidon an und zeigte auf den Schuppen. In genau diesem Moment kam die Bedienung und fragte nach ihrer Bestellung.

Einen Augenblick lang starrte Syrianna die Frau nur an, dann aber antwortete sie fast mechanisch. »Bringt uns etwas zu Essen und Trinken.« Sie deutet auf die Schuppentür. »Aber sagt uns bitte: Was bedeutet ‚Sonara‘?« Die Bedienung blickte nun ebenfalls durch das Fenster in den Hof.

»Genau kann ich das nicht sagen, aber ich glaube, dass eines der Flussschiffe hier diesen Namen trägt. Weshalb der aber gerade dort geschrieben steht, weiß ich nicht... Das macht drei Goldtaler.«

Syrianna zahlte bereitwillig und erkundigte sich nach einer Unterkunft. »Bei uns ist alles überfüllt. Wir haben nicht einmal mehr Platz in der Küche. Aber fragt im Hafen, dort gibt es einige Schiffe, die nach Matrosen suchen. Vielleicht findet ihr dort auch eine einigermaßen bequeme Koje für die Nacht.« Wenig später stellte sie wortlos etwas Brot, gebratenes Fleisch und Bier auf den Tisch.

Kaum das sie gegessen hatten, drängte Syrianna darauf, in den Hafen zu gehen und nach der ‚Sonara' zu suchen. Bis zum Kai war es nicht weit und nur wenige Leute waren um diese Zeit unterwegs.

Im Hafen lagen lediglich drei Schiffe vor Anker. Zwei waren Handelsschiffe und eines ein Flussschiff. Daneben waren nur noch wenige kleine Boote vertäut.

Syrianna eilte auf das Flussschiff zu und wäre beinahe über die Hafenwache gestolpert. »Was sucht ihr hier, Matrosen?«

Areidon antwortete, als würde ein Vorgesetzter ihn befragen. »Wir suchen ein Schiff.«

»Nun ja, das ist wohl keine Kunst. Bis drei könnt ihr zwei sicherlich zählen, denn mehr Schiffe werdet ihr hier nicht finden.«, feixte die Wache. Syrianna schob sich vor den Dwilish. »Wir dachten, wir könnten vielleicht auf einem der Schiffe anheuern?«

»So so, anheuern also... Um diese Zeit? Geht in ‚Die Bootsplanke', da findet ihr die Kapitäne der beiden Handelsschiffe. Das andere ist, wie unschwer zu erkennen, ein Flussschiff von Arida. Mit dessen Schiffsführern kann man nicht reden. Die sind misstrauisch und begegnen jedem mit gezücktem Messer.«

Areidon lüpfte die Mütze. »Habt Dank für die Informationen, aber wir werden uns wohl dennoch bei dem Flussschiff verdingen. Sollten wir nichts erreichen, können wir uns ja nachher im Wirtshaus treffen und wir zeigen uns auch erkenntlich.«

Der Wachmann knurrte nur. »Von mir aus. Ich werde warten. Aber schleicht nicht zu lange hier herum!« Syrianna ließ den Mann kurzerhand stehen und hielt direkt auf das Flussschiff zu.

Sie hatte die Reling noch nicht einmal berührt, als ein Messer dicht an ihrem Kopf vorbei flog und scheppernd auf dem gepflasterten Boden neben ihr liegen blieb.

»He he, wer wird denn hier gleich sauer werden. Wir sind Matrosen und sind auf der Suche nach einer Heuer.« Vergeblich suchte sie nach dem Namen des Schiffes. Alles hier war verwahrlost. Was nicht morsch war, war rostig. Und überall dieser Dreck!

Ein großer Kopf umrahmt von einem riesigen Bart und mit zahnlosem Mund erschien in der Kajütenklappe. »Wir können keine Matrosen gebrauchen. Verschwindet!«

So einfach würde Syrianna es ihnen nicht machen. »Dann beantwortet mir wenigstens eine Frage! Ich zahle natürlich auch dafür.«

»Was willst du denn wissen, Matrose?« Der Mann trat nun ganz auf das Deck und baute sich vor ihr auf. Er war groß wie ein Berg.

»Die ‚Sonara‘, wo finden wir die?«

Der Mann schaute kurz nach unten und rieb sich dann mit Daumen und Zeigefinger über die Nase. »Die ‚Sonara‘ ist vor vier Tagen ausgelaufen zum Südhafen in Arida. Mehr weiß ich nicht. So, nun bezahlt!

Areidon tat, als wolle er ein Goldstück aus seiner Börse angeln, doch Syrianna hielt ihn davon ab. »Sagt, habt Ihr vielleicht Lust, mit uns auf einige Bier in das Wirtshaus dort drüben zu kommen. Wir zahlen und Ihr erzählt uns alles, was Ihr von der ,Sonara' wisst?«

Der riesige Kerl setzte zum Protest, als er unterbrochen wurde. »Gonal! Das sind die beiden Kerle von heute Abend. Los! Schnapp sie dir!«

Jetzt erkannte Syrianna den Kerl von der Prügelei kurz nach ihrer Ankunft im Hafen. Areidon preschte hervor und redete in einer fremden Sprache auf Gonal ein. Augenblicklich hielt dieser inne.

»Nun los, Gonal, mach sie fertig! Sie haben es verdient!«

Gonal aber stand da wie festgefroren. Areidon flüsterte ihm noch kurz etwas ins Ohr, woraufhin er auf den Absatz kehrtmachte und sich in Richtung Wirtshaus wandte.

Fluchend kam der andere heran. Er zog sein Messer und fuchtelte damit wild vor Syriannas Gesicht. Daraufhin drehte sich Gonal wieder herum, nahm die Hand mit dem Messer und quetschte ihm die Waffe regelrecht aus den Fingern. Man hörte die Knochen knacken. Mit schmerzverzerrtem Gesicht schrie er Gonal an. »He, was soll das? Bist du denn von Sinnen? Hilf mir lieber, die beiden hier zu erledigen! Sie haben mich vor allen blamiert!« Gonal blieb unbeeindruckt und ging einfach weiter.

Im Wirtshaus wartete bereits der Wachmann auf die Syrianna und Areidon. »Na, habt ihr eine Heuer gefunden?« Er musterte Gonal und Dagal. Gonal beugte sich vor. »Ja, das haben sie. Etwas dagegen?«, brummte er. Dagal riss die Augen weit auf. Er verstand immer weniger. »Aber..., aber wieso? Was...? Wozu brauchen wir die denn??« Gonal schaute nun auch ihn grimmig an. »Sie bleiben und gut!« Dagal trat erschrocken einen Schritt zurück. »Wenn du das so sagst, dann wird es so sein.«

»Lasst uns darauf trinken!« Syrianna bestellte vier Bier.

»Gonal, was weißt du über die ,Sonara'?« Gonal knallte seinen Krug, den er mit einem Zug geleert hatte, vor sich auf den Tisch und wischte sich den Bart. »Die ,Sonara' ist ein Flussschiff wie unseres, nur ist unseres viel besser und schneller. Wir pendeln vom Südhafen nach Mohawyn, fischen und setzen gelegentlich auch Passagiere über. Wir wollten zusammen mit der ,Sonara' den Hafen verlassen, doch die verdammten Hunde sind ohne uns losgesegelt. Vermutlich haben sie wieder irgendein linkes Geschäft an Land gezogen. So läuft das immer.«

Areidon beugte sich interessiert vor. »Wann legt euer Schiff ab?«

Dagal hieb Gonal in die Seite und zischte ihm zu. »Wir nehmen die zwei hier aber doch nicht mit! Was hätten wir denn davon?«

Syrianna unterbrach ihn, indem sie ihm wortlos eine Börse mit Goldstücken zuschob. »Ihr beide bringt uns sicher zum Südhafen, danach gibt es noch einen weiteren Beutel voller Gold!«

Gierig griff Dagal nach der Lederbörse und prüfte den Inhalt. Überaus erfreut schob er sie in seine Tasche und trank genüsslich sein Bier aus. »Jetzt ist es mir egal, wann wir ablegen. Meinetwegen können wir auch sofort die Segel hissen.«

Areidon und Syrianna nickten sich zu. »Lasst uns bei Tagesanbruch aufbrechen. Wir werden noch Proviant für die Überfahrt besorgen und an Bord bringen lassen.«

Dagal lachte. »Vergesst das Bier nicht!«

»Was machen die beiden denn hier auf dem Schiff?«, donnerte Gonals laute Stimme. »Dagal, beweg deine modrigen Gebeine hier rauf, du versoffener Kerl!«

Noch völlig benommen von der gestrigen Nacht schleppte sich Dagal auf das Deck. »Was machst du für ein Theater?«

Wütend schlug Gonal mit der Faust auf die Reling, so dass das morsche Holz splitterte. »Ich fragte, was die beiden Gestalten hier sollen? Seit wann heuern denn bei uns Matrosen an?«

Dagals kniff die Augenbrauen zusammen und hielt sich den Kopf. »Bitte, Gonal! Schrei etwas leiser! Du bringst mich noch um!« Dann stockte er. »Die beiden Matrosen hast du gestern selbst angeheuert! Sie haben sogar schon dafür bezahlt und du hast keinerlei Widerrede von mir gelten lassen. Warst du so betrunken?«

Gonal sah aus, als wollte er jeden Moment explodieren. Er ballte beide Hände zu Fäusten und sein Gesicht lief dunkelrot an. Gerade als er erneut auf die Reling einschlagen wollte, stellte sich Dagal ihm in den Weg. »He, Mann, hör doch mal zu! Die haben bezahlt und das nicht zu knapp! Soviel Gold machen wir in dieser Saison nicht mehr mit den Überfahrten. Also lass es gut sein! Wir fahren die beiden in den Südhafen, kassieren noch einmal denselben Batzen Gold und haben für ein paar Monate ausgesorgt. Wir könnten das Schiff auf Vordermann bringen und uns noch ein paar schöne Tage machen.«

Nur langsam beruhigte sich Gonal. Er steckte Dagal seine riesige Hand, die noch immer vor Erregung zitterte, hin. Zeig her das Gold! Ich will es sehen.« Zögernd überreichte Dangal die Börse. Gonals Augen blitzen gierig auf.

»Ich habe da vielleicht eine Idee.« Gonal winkte Dagal näher zu sich heran. Wenn du

140

sagst, dass die beiden uns im Südhafen noch mehr Gold geben wollen, dann müssen sie es ja mit auf das Schiff bringen. Auch, denke ich, werden sie noch mehr bei sich haben als das, was wir bekommen sollen. Was ist denn, wenn sie den Südhafen niemals erreichen? Du weißt schon, so wie einige andere unbequeme Gäste, die plötzlich von Bord fielen.«

Dagal überlegte kurz. Dann schlug er dem riesigen Kerl auf die Schulter. »Ich mag deine Pläne! Lass uns nun unsere Gäste herzlich willkommen heißen.«

Leise verschloss Areidon den Spalt, durch den er gelauscht hatte, und eilte zurück zu Syrianna. Kurz berichtete er ihr, was er erfahren hatte. Dann taten sie, als seien sie in ein Gespräch vertieft.

Der Boden in der Kajüte bebte, als Gonal eintrat. »Da sind sie ja, unsere Gäste. Wie ich sehe, ist der Proviant schon verladen worden. Das ist auch das Mindeste, was diese Halsabschneider von Hafenhändlern hier tun können, um ihre viel zu hohen Preise zu rechtfertigen. So ist alles zum ablegen bereit. Folgt uns an Deck!« Der Dwilish nickte erfreut.

Ihr Flussschiff lag etwas schief im Wasser und machte auf Areidon den Eindruck, als würde es jeden Moment kentern und einfach versinken. Es war ihm ein Rätsel, wie sie es in den Hafen von Mohawyn geschafft hatten. Doch sie nahmen jetzt schnell Fahrt auf und legten sich gut in den Wind.

Am zweiten Tag der Überfahrt kam Dagal und bat Areidon und Syrianna zu einem Umtrunk an Deck, das sei so Tradition an Bord. Gonal eilte auch gleich herbei, goss ihnen einen Krug Wein ein und prostete ihnen zu.

Das sollte also der Moment sein! Areidon prüfte die blutrote Flüssigkeit mithilfe von Magie. Er hatte es geahnt. Beide Krüge waren mit Gift versetzt. Schnell warnte er Syrianna in Gedanken und wob einen Zauber, der das Gift neutralisierte. Erst danach prostete er den beiden Männern zu und dankte für die Einladung. Syrianna tat es Areidon gleich und beide leerten ihre Becher in einem Zug.

Zufrieden blitzte es in den Gonals Augen auf. Lachend goss er den beiden ein zweites Mal ein.

Nachdem auch diese Becher geleert waren, tat Areidon, als sei ihm nicht wohl. Er wolle sich in seine Hängematte begeben und ausruhen.

Laut lachend machte Gonal auch noch einen Scherz. »Ja ja, das sind sie, diese unerfahren Matrosen: Drei Tage auf See und schon machen sie schlapp. Aber geht nur, legt euch hin! Den Rest der Flasche leeren wir dann einfach später.«

Auch Syrianna nutzte die Gelegenheit und täuschte Müdigkeit vor. Dann schwankte sie hinter Areidon her. Die beiden Ganoven feixten und waren sicher in dem Glauben, dass ihr Plan gelang.

Kaum hatte Syrianna die Kajütentür hinter sich zugezogen, legte sie auch sofort sichtbar ihre Börse mit Gold auf einen kleinen Vorratsschrank. Sie löschte das Licht und legte sich in ihre Hängematte.

Gonal machte sich nicht einmal die Mühe, die Kajüte leise zu betreten, nein, er polterte förmlich die vier Stufen nach unten. Dagal hingegen schlich wie ein Fuchs um seine Beute.

»Sei doch still, du Trottel! Was ist, wenn das Gift nicht richtig wirkt?«

Gonal schaute Dagal belustigt an. »Das, was die zwei weggetrunken haben, tötet sicher drei starke Pferde. Glaub mir, die beiden haben genug! Schau sie haben sich nicht einmal die Mühe gemacht, ihr Gold vor uns zu verstecken. Schau her! Wir sind reich! Dagal, das war mal ein Treffer! Lass uns die beiden jetzt nur noch über Bord werfen...«

Dagal aber antwortet ihm nicht. Das konnte er nicht mehr, denn er war zu einem Stein erstarrt. Erst ganz langsam, dann immer schneller rieselten feine Sandkörner von ihm herab auf den Boden. Dann, als hätte sich alles in ihm aufgelöst, blieb nur noch ein Häufchen weißer Sand vor Areidons Koje liegen.

Gonal riss die Augen auf. Panisch schrie er auf. »Was ist mit Dagal? Was habt ihr mit ihm gemacht?« Zu mehr kam er nicht. Nun zerbröselte auch er zu Sand.

Schnell prägte sich Syrianna den Zauber ein, der noch durch den Raum flirrte. Areidon überraschte sie immer wieder.

Sie drehte sich aus ihrer Hängematte, schaute auf die kleinen Hügel, die vor ihr auf dem Boden lagen und machte einen großen Schritt darüber hinweg. Areidon dagegen fegte mit seinem Fuß durch den Sand, so dass der Boden vor ihm davon bedeckt war.

Syrianna bedauerte kurz, dass zwei Menschen nun tot waren, aber diese Entscheidung hatte ihr Areidon abgenommen. Sie sah ein, dass sie beide, wenn er nicht reagiert hätte, womöglich jetzt auf dem Grund des Meeres liegen würden. Areidon nahm seine ursprüngliche Form wieder an. Aber konnte sie sicher sein, dass der Dwilish wirklich so aussah, wie sie ihn kannte? Nun waren sie alleine auf dem offenen Meer. Bei Wellengang schwappt hin und wieder Wasser über die Reling des alten Schiffs und mühsam schöpfte Syrianna Eimer für Eimer davon über Bord. Erst drei Tage später wob Areidon einen Zauber, der den Rumpf des alten Schiffes abdichtete. Wütend starrte sie ihn an. »Warum hast du mich jetzt all die Tage schuften lassen?«

Lächelnd, aber im Tonfall eines Lehrers antwortete er gelassen: »Ausdauer und Geduld sind die Dinge, die ein jeder Magier und

Kämpfer beherrschen muss. Du dagegen strahlst so viel Übermut und Ungeduld aus, dass es dir schnell zum Verhängnis werden und deinen Tod bedeuten kann. Somit, denke ich, war eine solch kleine Lektion nicht umsonst.

Trotzig schaute Syrianna den alten Zauberer nur an und verschwand dann unter Deck. Für heute hatte sie genug von Areidon.

Spät in der Nacht wurde sie von dem starken Schlingern des Schiffes geweckt. Mit wankenden Schritten begab Syrianna sich an Deck. Wogen von Wasser peitschen auf das alte ausgeblichene Holz. Ganz vorn am Bug stand Areidon und sprach laut in einer ihr unbekannten Sprache. Offensichtlich versuchte er, das Flussschiff durch das Unwetter zu bugsieren und es schien ihm große Mühe abzuverlangen.

Sie band sich eines der kurzen Taue um den Bauch und hangelte sich durch die Gischt nach vorn. Sein Gesichtsausdruck verriet enorme Anstrengung. Fragend schaute sie ihn an, doch Areidon reagierte kaum. Dann ertönte seine Stimme in ihrem Kopf. »Etwas, ein Zauber oder ein magisches Wesen, hindert uns daran, nach Arida zu segeln. Wir sind abgetrieben und dieser Sturm hält uns hier fest. Wir müssen gemeinsam versuchen, den Wind zu bezwingen.«

Syrianna spürte jetzt Areidons Hand auf ihrem Arm. Sie vernahm wieder seine Worte, doch nun verstand sie, was der Dwilish sprach. Mit ihm zusammen wiederholte sie den immer gleichen Spruch.

Das Schiff erzitterte in den Wellen und das laute Knarren und Quietschen des Holzes unter ihren Füßen verhieß nichts Gutes. Ihr war, als würde das Schiff von einer unsichtbaren Hand festgehalten. Die Verseilung an den Rahen knarrte hörbar. Eine der Spannrollen riss mit einem lauten Knall und fegte über das Deck. Die Reling auf der Steuerbordseite riss auseinander. Holzsplitter wirbelten auf und drohten, sie ernsthaft zu verletzen.

Syrianna geriet in Panik. Sie musste einen Weg finden, Areidon und sich selbst zu retten. In Gedanken nahm sie noch einmal Kontakt mit dem Dwilish auf. »Wir müssen runter vom Schiff! Es wird sinken. Lass uns versuchen, ein magisches Fenster zu erschaffen!«

Areidon riss die Augen auf, starrte Syrianna erst ungläubig an und schüttelte dann heftig seinen Kopf. »Nein, Mädchen! Nein! Wenn wir das tun, sind wir verloren. Noch niemals hat jemand den Versuch gewagt, ein solches Portal auf offenem Meer zu formen! Wer weiß, wohin es uns führt? Wir sollten beide...« Weiter kam er nicht. Die Holzbohlen des Decks bogen sich in die Höhe und explodierten förmlich vor ihren Augen. Das Flussschiff brach wie ein trockenes Holzstück einfach in der Mitte auseinander.

Syrianna wartete nicht weiter darauf, was Areidon noch sagen wollte. Hektisch wob sie den alten Zauber, den sie von Dylan gelernt hatte.

GESTRANDET

Grelles Sonnenlicht stach ihr in die Augen. Syrianna kniff die Lider zusammen. Es dauerte eine Weile, bis sie begriff, dass sie im Sand lag und die Wellen in regelmäßigen Abständen ihre Füße umspülten. Was war geschehen?

Ruckartig sprang sie auf. Sie hatte das Portal noch rechtzeitig öffnen können, dessen war sie sich sicher. Nur wo war Areidon?

Ein weißer langer Strand gesäumt von Reihen aus Palmen lang vor ihr. Außer dem gleichmäßigen Rauschen der Wellen war kein Geräusch zu vernehmen. Warmer Wind blies ihr ganz sanft durch das Haar und die Sonne, die hoch am Himmel stand, brannte auf ihrer Haut.

Wo konnte nur der Dwilish sein? Sie ging in eine beliebige Richtung und suchte den Strand ab. Doch niemand war zu sehen. Sie war allein. Die Gedanken wirbelten in ihrem Kopf, während sie sich immer weiter vom Strand entfernte. War Areidon etwa in den Wogen des aufgewühlten Meeres ertrunken? Hatte er das Portal gar nicht mir ihr durchschritten? Aber wenn doch, wo war er dann? Vor ihr ersteckte sich eine Reihe von Palmen und Buschwerk.

Neugierig betrachtete sie die merkwürdig aussehenden Vögel, die sie hier aus dem Geäst der Bäume heraus beäugten.

Und als wäre es das normalste von der Welt, saß unweit Areidon vor einem Lagerfeuer, über dessen Flammen ein auf einem langen Stock aufgespießtes Tier einen einladenden Duft verbreitetet.

In Syrianna brodelte die Wut. »Ich mache mir Sorgen, wo du bist, glaubte schon, du lägest tot auf dem Grund des Meeres! Aber nein! Du sitzt hier in aller Ruhe und scherst dich ganz offenbar nicht einen Deut um mich?«

Areidon zuckte nur gleichgültig mit der Schulter und wies sie mit einer knappen Geste an, sich zu ihm zu setzen. Wortlos nahm er den Braten vom Feuer und reichte Syrianna ein Stück von dem Fleisch. »Mit knurrendem Magen lässt es sich sehr schlecht diskutieren.« Sie griff danach und stopfte es sich in den Mund.

Nachdem Areidon ihr ein weiteres Stück gereicht hatte, erhob er wieder das Wort. »Das kommt davon, wenn man etwas tut, was man nicht tun sollte. Ich hatte dich gewarnt, Kind. Ich weiß nicht, wohin du uns mit deinem Leichtsinn gebracht hast. Diese Landstriche hier kenne ich nur von Aufzeichnungen. Wir müssen sehr sehr weit von Arida entfernt sein.« Er seufzte. »In der Vergangenheit haben bereits andere versucht, vom offenen Meer aus ein Portal zu öffnen. Ich habe davon gelesen. Allerdings hat man von diesen Menschen dann auch nie wieder etwas gehört und ich kann nur hoffen, dass wir irgendwie den Weg zurück nach Hause finden. Diese Welt hier schein mir nicht ungefährlich zu sein.«

Syrianna warf einen Knochen, den sie blitzblank abgenagt hatte, in das Feuer. Noch immer trotzig schaute sie Areidon an. »Wir können doch einfach ein neues Portal öffnen und dadurch zurück? Immerhin sind wir jetzt auf dem Festland.«

»Nein, Kind, so einfach geht das sicher nicht. Womöglich landen wir im Wasser, wechseln die Dimension oder schlimmer noch: wir landen im Nichts. Wir müssen uns Hilfe ersuchen. Heute allerdings werden wir hier bleiben und uns ausruhen, um zu Kräften zu kommen. Leg dich hin und schlafe. Ich werde die erste Wache übernehmen.«

Syrianna nickte nun ergeben und tat, was der Dwilish ihr aufgetragen hatte.

Trotzdem es noch heller Tag war, fiel sie fast augenblicklich in einen tiefen Schlaf. Sie träumte davon, in Arida zu sein. Auf einem großen Tier sitzend, das mit ihr durch die Lüfte schwebte, sah sie im Traum das Land unter sich vorbeiziehen. Sie flog an der Festung der Flüche und an dem Palast von Ellion vorüber. Sie sah Tausende von Soldaten, die erbittert gegeneinander kämpften. Sie sah

Verwüstungen und Brandschatzungen. Wohin auch immer sie schaute, sah sie Tod und Verderben.

Vor den riesigen Mauern von Thorit lagerte ein riesiges Heer. Eine kleine Gruppe löste sich von den Stadtoren und ritt darauf zu. Syrianna konnte deutlich die Wappen von Arida, Ellion und selbstverständlich von Thorit erkennen. Einer der Soldaten kam ihr bekannt vor. Seine gedrungene und ja, dickliche Figur erinnerte sie an den Hauptman der königlichen Garde: Sven, der einst auch Begleiter war von Dylan, dem Sohn von Adam und Emiliana.

Aus dem Augenwinkel bemerkte sie, wie sich von dem feindlichen Herr ein Pfeil löste und direkt auf Sven zielte. Wie von einer unsichtbaren Kraft getroffen, fiel er von seinem Pferd. Blut sickerte am Rand seines polierten Harnisch hervor. Der riesige schwarze Pfeil steckte tief in seiner Brust.

Hektisch hob man den Hauptmann auf ein Pferd und eilte mit ihm zurück hinter die schützenden Mauern von Thorit. Eine Phalanx von Reitern nahm die Verfolgung auf und lies einen Schwarm Pfeile auf die Flüchtenden herabregnen. Selbst oben in den Lüften konnte Syrianna das Klacken der Bolzen von den Armbrüsten hören.

Innerhalb weniger Augenblicke entwickelte sich eine Schlacht sondergleichen. Mit deutlichen Verlusten erreichte die kleine

Gruppe das rettende Stadttor, das sich nur für einen kurzen Moment geöffnet hatte und nun sofort wieder lautstark von innen verriegelt wurde.

Syrianna flog weiter über Wiesen und Wälder und das grausige Geschehen entschwand ihrem Blick. Sie bangte, was wohl aus Sven werden würde und hoffte inständig, dass er seine Verletzung überleben würde.

Vor ihr explodierten völlig unerwartet und von tosendem Donner begleitet zwei blaue Blitze. Alles um sie herum versank in ein tiefes Dunkel und sie spürte, wie sie abstürzte. Ein brennender Schmerz schoss durch ihren Körper. Kaum in der Lage, sich an dem Gefieder festzukrallen, versuchte sie in Gedanken, Kontakt mit dem Tier aufzunehmen, um ein schlimmes Ende zu verhindern.

»Wach auf!« schrie das Tier sie an. »Syrianna, wach auf, sonst wirst du sterben! Es droht Gefahr.«

Einen Bruchteil später ertönte nochmals die Stimme des Adlers, auf dem sie saß, in ihrem Kopf, jetzt nur noch um ein Vielfaches lauter, so, dass sie erzitterte. »Wach auf!« Wieder bebte alles um sie herum und grelle Blitze zuckten vor ihren Augen.

Syrianna schoss in die Höhe und bemerkte Areideon, der unermüdlich Blitze auf ein für sie unsichtbares Ziel aus seinen Händen fahren lies. Schemenhaft konnte sie die Umrisse eigenartiger Wesen erkennen, dann wieder schlugen um sie herum ebensolche Blitze und leuchtende Kugeln ein. Nur mit Mühe drang sie bis zu Areidon vor. In Gedanken rief sie ihn an. »Areidon, was tust du? Was geht hier vor?«

Es vergingen viele Sekunden, bevor er auf ihre Frage reagierte. »Ich weiß es nicht genau. Ganz plötzlich tauchten diese Geschöpfe hier auf, als wüssten sie, dass wir hier sind. Ohne auch nur zu zögern griffen sie uns an, während du den Schlaf der Gerechten geschlafen und im Traum nur laut gemurmelt hast.«

Fast instinktiv zog Syrianna den Stab Celbin und richtete dessen rotleuchtenden Strahl nun ebenfalls gegen einen Feind, der hörbar überrascht schien, der Macht einer solchen Waffe gegenüberzustehen.

Gemeinsam mit dem Dwilish gelang es nach scheinbar unendlich langen Stunden, die riesigen Geschöpfe zurück in den Nachthimmel zu zwingen. Syrianna und Areidon sanken erschöpft auf die Knie. Dann legte sich Ruhe über alles.

Wenn auch beide fast aller Kraft beraubt waren nach diesem Kampf, lösten sie ihr Lager auf, verwischten sorgsam alle Spuren und zogen weiter hinein in das Landesinnere. Vielleicht würde es doch auch hier einen Hafen geben, von dem aus sie zurück nach Arida reisen konnten.

Syrianna lief die Zeit davon. Ihre Schwestern waren noch immer in der Gewalt des Greng und wer wusste schon, wohin er die beiden verschleppt hatte.

Das Ei Salith sicher verstaut nebst den nur noch wenigen Habseligkeiten, die ihr nach dem Schiffbruch geblieben waren, schritt sie wortlos neben Areidon her. Die Nacht war nicht mehr lang. Am Horizont zeigte sich das erste Licht des Tages und einige Vögel fingen an, in den Zweigen ihr allmorgendliches Lied zu singen. Alles hier war anders als in Arida oder Milad: Die Luft, die Bäume und auch die Tiere hatten schillerndere Farben und verströmten einen intensiven Duft. Eine völlig neue Welt offenbarte sich ihnen.

Areidon war ungewöhnlich still geworden. »Ich merke doch, dass etwas nicht stimmt, Areideon. Sprich mit mir! Sag mir, was ist es. Bist du verwundet?«

Völlig ruhig drehte er sich zu Syrianna um. »Kind, es ist alles wie immer, nur meine Heimat fehlt mir und meine Kraft schwindet. Der Kampf vorhin hat mir sehr zugesetzt. So sehr ich es auch versuche, ich erreiche nicht einmal mehr mit all meinen Sinnen meine Heimat. Ich war immer mit ihr verbunden. Hier ist alles anders.« Betrübt blickte er zu Boden. Sein Gang wurde schleppend und seine Schultern neigten sich nach vorn.

Syrianna spürte ebenfalls, was Areidon meinte. Es schien, als seien sie in einer anderen Welt gestrandet.

Am Tage gingen sie immer der Sonne entgegen und sobald es dunkel wurde rasteten sie. Doch keines der Sternbilder zeigte ihnen den Weg, der sie heimbringen könnte.

Es mussten jetzt schon mehr als zehn Tage sein, an denen die beiden umherirrten. Eines Abends hatte Areidon eines der Tier ähnlich einem Hasen gefangen und briet es über dem Feuer. Syrianna starrte derweil wie immer in den riesigen Sternenhimmel und sah, wie einzelne Punkte die Nacht erhellten und dann am Horizont verglimmten.

»Areidon«, sie sprach leise, »Areidon, was glaubst du? Werden wir jemals wieder nach Hause kommen?«

Es dauerte einen Moment bis der Dwilish sich rührte. Sein Blick haftete schon lange an dem Feuer, das mit jedem Windhauch kleine Funken in die Luft stob. »Ich weiß es nicht, Kind. Wo auch immer wir hier hineingeraten sind. Ich kann es dir nicht sagen.«

Seine Stimme war zittrig. So schwach kannte Syrianna Areidon bisher nicht. Auch war ihr längst aufgefallen, dass er seine Gestalt nicht mehr verändert hatte, wie er es sonst manchmal getan hatte. Niedergeschlagen und traurig drehte sie sich zum Feuer und schlief ein.

Aufgerüttelt aus ihrem Traum, in dem sie wieder auf den Schwingen des riesigen Adlers ritt, schaute sie erstaunt in die Areidons Gesicht, der sich besorgt über sie beugte.

»Kind, was träumst du nur für Sachen? Und immer dieses Ei, jede Nacht leuchtet es heller.«

Instinktiv griff Syrianna nach dem Tuch, in dem sie das Ei von Salith verwahrte. Es war noch da, wo sie es hingelegt hatte und fühlte sich wie immer warm an. Erleichtert blickte sie erneut in Areidons Augen. »Danke, dass du dich so sehr sorgst, aber es ist nichts. Es sind nur Träume.«

Schweigend aßen sie das restliche Fleisch vom Vorabend und machten sich wieder auf den Weg in Richtung der aufgehenden Sonne.

Gegen Mittag erblickte Areidon in der Ferne eine Stadt, deren riesige Bauten und Türme sich deutlich vom Horizont abzeichneten. »Ich hoffe, wer dort lebt, ist uns freundlich gesonnen. Doch selbst wenn nicht, wir müssen es wagen.«

Sie hielten ohne zu zögern auf die Stadt zu. An den Türmen wehten Fahnen mit ihnen unbekannten Schriftzeichen und Symbolen. Die Stadtmauer musste gut vier Mann hoch sein und schien aus reinem Glas zu bestehen, so sehr spiegelte sich die Umgebung in ihr. Kaum eine Fuge konnte man erkennen. Es war, als sei sie aus einem Stück geformt worden.

Wenn man genau hinsah, waren immer wiederkehrend Abbildungen von gigantischen Ungeheuern zu erkennen.

Es war Mittag. Syrianna und Areidon wurden nur kurz von den Torwachen gemustert und man ließ sie unbehelligt passieren.

Hinter den Mauern der Stadt pulsierte das Leben. Unzählige Menschen in merkwürdiger Kleidung eilten von einem Ort zum anderen. Verkäufer preisten laut ihre Waren an. Überall konnte man Krieger erkennen, die aufmerksam jeden Neuankömmling beobachteten.

Einer der Krieger kam auf die beiden zu und fragte etwas in einer unbekannten Sprache. Syrianna zuckte nur mit den Schultern und schaute den Mann entschuldigend an. Wieder fragte der etwas und deutete auf Areidon. Dieser verbeugte sich leicht und antwortete ihm bereitwillig. »Wir sind hier gestrandet und suchen einen Weg zurück nach Arida.«

Der Krieger runzelte die Stirn. »So so, Arida. Nie davon gehört. Ihr sprecht unsere Sprache gut. Wo habt ihr sie gelernt, wenn ihr doch niemals hier wart?«

Areidon blickte kurz in die erstaunten Augen von Syrianna, die nicht fassen konnte, dass der Dwilish sich tatsächlich mit dem Krieger unterhielt.

»Eure Sprache wird zwar seid tausenden von Jahren nicht mehr gesprochen in der Welt von Arida, doch als Gelehrter habe ich die alten überlieferten Schriften studiert und bin dort auf eure Sprache gestoßen. In ihnen wurde auch berichtet, dass es ein Land gab namens Orestion mit mächtigen Zauberern und Kriegern, die alle Welten beherrschten, bis ein dunkles Wesen über darüber herfiel und nahezu alles Leben auslöschte.«

Der Krieger trat einen Schritt auf Areidon zu. »Ihr seid gut bewandert in der Geschichte von Orestion. Aber ich muss Euch korrigieren: Wie Ihr unschwer erkennen könnt, existiert Orestion noch.« Er machte eine auslandende Geste. »Dies hier ist Orestion, die größte und älteste Stadt, gleichnamig dem Land, in dem Ihr Euch befindet. Diese Stadt steht seit Menschengedenken. Ich bringe Euch zu dem Ältesten der Stadt, der wird wissen, wie mit Euch und Eurer Geschichte zu verfahren ist.«

Sofort standen weitere Krieger hinter Syrianna und Areidon und schon kurz darauf setzten sie sich in Bewegung mitten durch die Stadt. Manch einer beobachtete argwöhnisch die beiden, die dort eskortiert worden.

Die schwarzen Speere der Krieger kamen Syrianna irgendwie bekannt vor. In ihrer Kindheit hatte sie solche schon einmal in Milad gesehen, dessen war sie sich ganz sicher.

Areidon hatte offensichtlich nur Augen für die schönen, reich verzierten Bauten hier in der Stadt. Bis zu drei Stockwerke hoch zogen sich ganze Häuserreihen die Straßen entlang. Auch hier waren die Fassaden aus spiegelglattem Stein zusammengefügt, was den Eindruck vermittelte, als würde die Stadt nie enden.

Die nahezu makellos ebene Straße führte hinauf auf einen Berggipfel, auf dem ein riesiger Palast prangte. Je näher sie dem Palast kamen, umso prachtvoller wurden auch die Gebäude. Fliegende Händler gab es hier nicht mehr. Alles schien sauberer und ruhiger als eben noch unten innerhalb der Stadtmauer.

Areidon sagte kein Wort, sondern bestaunte nur die überaus seltene Architektur.

Als Syrianna zurückblickte, konnte sie riesige Terrassen erkennen, die gekonnt in den Berg gehauen waren. Auf ihnen bestellten die Bauern den Boden und versorgten wohl so die Stadt mit Lebensmittel. Neben der Straße waren künstlich kleine Kanäle angelegt, in den klares Wasser lief.

Erst am späten Nachmittag erreichten sie den Palast. »Hier residiert der Ältesten Rat?«, fragte Areidon ungläubig.

Einer der Krieger nickte. »Ja, so ist es. Die Ältesten kümmern sich um das Geschick von Orestion. Einst hatten wir einen König, doch das Geschlecht der Könige ist ausgestorben. Da man sich nicht einigen konnte, wer den Posten übernehmen soll, wurde ein Rat bestimmt. Das ist nun schon viele hundert Jahre her. Und so wird es noch heute bei uns gehandhabt.« Er schlug dreimal laut gegen das riesige Tor der

Palastmauer, bevor sich dieses nr wenige Augenblicke später in Bewegung setzte. Vor ihnen öffnete sich der Innenhof des Palastes. Scheinbar wechselte hier sogar das Klima, denn alles war grün, die Luft war sauber und Vögel und Insekten schwirrten zwischen den sorgsam gepflegten Obstbäumen umher.

Langsam und fast lautlos hielt ein Mann auf sie zu. Er nickte nur stumm und gab den beiden Neuankömmlingen ein Zeichen, dass sie ihm folgen mögen. Keine Silbe, kein Wort wurde hier gesprochen. Areidon und Syrianna schauten sich kurz an, bevor Areidon die Schultern hob und zustimmend mit dem Kopf auf den Mann in der langen schwarzen Robe wies, der still vor ihnen herging. Sie folgten ihm schweigend.

Auch im Inneren des Hofes war alles nahezu perfekt gestaltet, auch hier hatte es den Anschein, als sei alles auch einem einzigen großen Stein geformt. Überall prangten ihnen Bilder von gigantischen Drachen und Bildnisse von Herrschern entgegen, während sie eine riesige Halle durchschritten. Die Flure waren übervoll verziert mit uralten Wandfriesen, auf denen Kampfschauplätze abgebildet waren.

Bei einem der Bilder stockte Syrianna der Atem. Sie stieß Areidon heftig an. »Sieh!«, flüsterte sie und deutete auf einen Mann in voller Rüstung, der gegen ein drachenähnliches Wesen etwas in der Hand hielt, das ganz genau so aussah wie der Stab Celbin. »Areidon, wie kann das möglich sein? Wieso trägt der Krieger dort Celbin?«

Bei dem Wort „Celbin" stoppte der Mann in der Robe vor ihnen plötzlich und starrte Syrianna mit großen Augen an. Dann griff er nach ihrer Hand und zog sie noch schneller durch die Gänge. Aus seinem Gesicht war jegliche Farbe gewichen. Er hatte ganz offensichtlich Angst.

Sie kamen zu einer zweiflügligen Tür. Auch auf ihr waren kunstvolle Schnitzereien von Fabelwesen und Kriegern abgebildet. Zwei Wachen standen vor der Tür und fragten den Mann, was er wolle und wer seine beiden Begleiter waren.

»Lasst mich durch zu dem Ältesten! Die zwei hier sind Reisende und kennen Celbin!«, raunte er einem der Wachen leise zu. Dieser riss die Augen auf und machte sich sofort daran, durch einen kleinen Spalt der Tür zu schlüpfen. Schon bald darauf war er wieder zurück, öffnete ohne ein weiteres Wort die Tür und verneigte sich zaghaft vor den beiden Neuankömmlingen. Syrianna verstand nun gar nichts mehr.

Sie betraten eine Halle, die so geräumig war, dass der Palast von Milad vollständig hineingepasst hätte. Überall funkelten Gold und Edelsteine an den Wänden und Stuckornamenten. Wie am Hofe eines Königs stand der Hofstaat Spalier. Man vernahm ein leises Getuschel und einige zeigten verstohlen auf Syrianna. Für die Menschen hier war sie wenig vorteilhaft bekleidet. Ihre braune Jagdcorsage und ihr eng anliegendes Beinkleid - wenn auch schon von der Reise etwas mitgenommen - betonten derart ihren schlanken Körper, dass sie die Augen der Männer unweigerlich auf sich zog. Syrianna spürte zwar diese Blicke, machte sich aber nur wenig daraus, denn in Arida war es absolut üblich, sich so zu kleiden. Sie entsprach der Mode.

Hier zu Hofe dagegen trugen die Damen bodenlange Kleider, die mit schwerem Brokat und goldenen Stickereien versehen waren. Um ihren Hals zierten sich weißen Kragen aus Tüll. Das Haar der Frauen war passend dazu durchwirkt mit Perlen und schimmernden Fäden. Jedes Kleid war durchaus ein Meisterwerk, aber Syrianna konnte sich nicht vorstellen, wie man derart auf einem Pferd reiten oder gar ein Kampf ausrichten sollte.

Plötzlich wurde es still in der großen Halle. Sie standen vor einem Thron und die Augen eines davorstehenden, hochgewachsenen alten Mannes musterten Syrianna und Areidon aufmerksam.

»Seid willkommen, unbekannte Gäste! Mein Name ist Lanmor und ich bin der Älteste des Rates von Orestin. Was führt Euch zu uns?

Und mir wurde zugetragen, Ihr kennt den Namen des magischen Stabes Celbin?«

Areidon verneigte sich leicht vor Lanmor und Syrianna tat es ihm gleich. Noch immer war es völlig still in der Halle, nur das gelegentliche Rascheln der Kleider war zu hören.

»Habt Dank für die Audienz, ehrenwerter Lanmor. Mein Name ist Areidon. Ich bin in Begleitung meiner Schülerin Syrianna. Celbin ist eine magische Waffe, die das Gute verteidigt. Sie war vor sehr langer Zeit fester Bestandteil unserer Geschichte und ich berichtete meiner Schülerin von den alten Überlieferungen. Sie erkannte Celbin auf einem Euer Wandgemälde hier im Palast.« Der Dwilish tauschte kurz einen Blick mit Syrianna, bevor er fortfuhr. »Durch ein Schiffsunglück sind wir an Eurem Ufer gestrandet und suchen nun nach einer Möglichkeit zur Überfahrt nach Arida. Sagt, können wir bei Euch Hilfe erfahren und ein Schiff finden, welches uns zurück nach Arida bringt?«

Lanmor überlegte, seine Hand strich unentwegt über sein Kinn. Leise murmelte er Worte vor sich hin, die niemand hören konnte.

Er neigte sich vor zu einem Berater, dann überlegte er wieder und schließlich hob er endlich an. »Nochmals, seid willkommen Gelehrter Areidon und Schülerin Syrianna! Ich habe von der Welt Arida noch nichts gehört und so möchte ich natürlich mehr von Euch darüber erfahren. Seid meine Gäste hier im Palast des Rates. Wir wollen gemeinsam die Karten studieren und nach der Welt Arida forschen. Sollte es einen Weg geben, Euch zu helfen, dann werden wir das tun. Allerdings erfordert unsere Beteiligung auch eine Gegenleistung. Welche das sein wird, wird sich zeigen. Jetzt aber setzt Euch zu uns und teilt mit uns den Abend. Wir werden zwei Zimmer herrichten und Euch neue Kleider geben.« Sein etwas verächtlicher Blick wanderte zu Syrianna. »Die Euren scheinen nicht wirklich passend zu sein für diese Gesellschaft.«

Kaum hatte Lanmor zu Ende gesprochen, eilten auch schon Bedienstete herbei und geleiteten die beiden hinaus. Die Tür war noch nicht verschlossen, da hörten sie den Schwall neugieriger Fragen durch die Halle dingen. Alle redeten wild durcheinander.

Das heiße Bad tat Syrianna gut. Schon lange konnte sie sich nicht so entspannen wir hier, obwohl es ihr zuerst ungewöhnlich erschien, dass zwei Bedienstete die ganze Zeit über bei ihr blieben. Sie musste einem der beiden schon gleich zu Beginn mit dem Tode drohen, wenn er sie auch nur noch einmal zu berühren versuchte. Scheinbar war es in diesem Land üblich, dass andere sich um die Reinlichkeit des Gastes kümmerten, für Syrianna alles anderes als verständlich. Nun standen die beiden seit geraumer Zeit etwas abseits und blickten stur aus einem der großen Fenster, so wie sie es angeordnet hatte.

Hausdienerinnen brachten ihr ein Kleid, das den anderen, die sie vorhin gesehen hatte, in nichts nachstand. In Syrianna sträubte sich alles dagegen, dieses Gewand anzulegen. Wie würde sie denn darin aussehen? Sie, eine der Schwestern in einem so puppenhaften Kleid? Eine der Dienerinnen schaute sie erschrocken an, als sie versuchte, die Messer, die sie immer bei sich trug irgendwie unter das Mieder zu stecken. Langsam, aber eindringlich schüttelte sie den Kopf und gab Syrianna damit zu verstehen, dass das nicht ratsam wäre.

Es war schwer, sich verständlich zu machen. Sie musste unbedingt diese Sprache erlernen. So vieles hatte sie gelernt in der Ausbildung als Schwester, nur eine solch fremdartige Sprache hatte nicht auf dem Plan gestanden. Sie verwirrte die beiden Frauen mit einem Mix aus den Sprachen, die sie gelernt hatte. Aber immer nur schauten sie Syrianna fragend an. Erst als sie dann zuletzt einen uralten Reim zitierte, den immer einer ihrer alten Lehrer gemurmelt hatte, blickten die beiden überrascht auf, traten erschrocken zurück und verneigten sich so tief vor Syrianna, als wäre sie eine Königin. »Oh man, was habe ich denn nun wieder getan?«, rief sie laut.

Areidon betrat das Zimmer, um zu erfahren, was vor sich ging.

Syrianna deutete schweigend auf die zwei Frauen, die sich noch immer vor ihr verneigten. »Ich weiß nicht, was passiert ist. Ich probierte mich in Konversation, zitierte einen alten Reim und dann senkten se das Haupt. Mir scheint, sie sind jetzt erstarrt!«

Areidon musste lachen, fragte dann aber:. »Von welchem Reim sprichst du?«

Syrianna wiederholte ihn und die Dienerinnen sanken ihre Köpfe nun noch weiter nach.

»Ich kenne die alten Reime von Dorines. Er war ein Abenteuer, hat viele Länder erkundet und dabei so manch Unbekanntes gesehen. Seine Berichte blieben allerdings sehr umstritten und man nahm an, dass er bei einigen seiner Ausführungen seine Phantasie zu sehr beteiligt hatte. Doch vielleicht waren einige seiner Geschichten doch nicht so unwahr, wie mir scheint.« Er schaute die beiden Frauen nachdenklich an. »Erhebt Euch! Ihr müsst Euch vor uns nicht verbeugen.«

Nur zögernd erwachten die Frauen aus ihrer Starre und richteten sich wieder auf.

»Weshalb glaubt Ihr, Euch uns gegenüber so verhalten zu müssen, meine Damen?« Sie schwiegen beharrlich, dann sprachen sie leise und ehrfürchtig. »Wie Ihr bereits sagtet, es sind die Worte von Dorines. Seine magischen Worte haben Orestion einst vor vielen Generationen vor dem Untergang bewahrt. Er ist in unserem Land heilig und nur wenigen war es vergönnt, seine Geschichten zu hören. Deshalb ist jeder, der seine Worte kennt, ein mächtiger Mensch. Es ist uns eine Ehre, Euch gegenüberstehen zu dürfen."« Und wieder verneigten sich die beiden vor Syrianna.

Der wurde das ganze Getue nun langsam zuviel. »Ich habe nur ein Gedicht zitiert! Erhebt Euch endlich und nun Schluss mit dem Zauber. Ich habe Hunger!« Damit trat sie vor zur Tür und ließ sich in die große Halle zurückbringen.

Anders als zuvor war die Halle nun mit einer riesigen Tafel bestückt, die ganz sicher mehr als einhundert Plätze bot. Hinter jedem Stuhl wartete ein Diener im Livree .

Syrianna und Areidon wurden auf ihre Plätze direkt neben Lanmor geführt. Sie spürten die neidischen Blicke einiger Höflinge, wie sie sie nannte. Ihr Kleid war zwar sehr unbequem und die Messer, die sie doch gegen den Rat der beiden Frauen unter das Mieder geschoben hatte, drückten fürchterlich und hinderten sie daran, sich im Sitzen zu bewegen, doch sie konnte sich so auch durchaus sehen lassen. Doch ihr blieb unverständlich, wie all die Frauen hier jeden Tag eine derart unbequeme Kleidung tragen konnten.

Kaum dass sie saß, schenkte ihr der Diener hinter ihr Wein ein. Lanmor hob sein kristallenes Glas und prostet den beiden zu.

»Auf unsere neuen Gäste: Areidon und Syrianna!«

»Auf die Gäste! schallte es gehorsam zurück. Dann kehrte schnell wieder Ruhe ein.

Syrianna schlang alles, was sie aufgetischt bekam, mit einem Heißhunger herunter. Es war lange her, dass sie derart gut gegessen hatte. Lanmaor neigte den Kopf in ihre Richtung. »Sagt bitte, Ihr kennt die Worte von Dorines?«

Sie antwortete mit noch vollem Mund. »'Kennen' würde ich nicht unbedingt sagen...«

Areidon sah sie strafend an. Verstohlen nahm Syrianna einen Schluck von dem edlen Wein, entschuldigte sich und fuhr fort. »Als ich noch ein Kind lehrte uns mein erster Lehrer die Reime von Dorines und erzählte uns auch einige seiner Geschichten. Aber es ist nicht viel, was ich darüber weiß, also kann man von ,kennen' nicht reden.«

Lanmor starrte sie überrascht an und einige Leute am Tisch tuschelten wieder laut. Ein Wink von Lanmor ließ sie sofort wieder still sein. »Dorines hat dieses Land vor vielen Jahren vor einer dunklen Macht, der wir uns nicht wiedersetzen konnten, gerettet. Niemand weiß, woher er kam und wohin er ging. Was wir wissen, ist, dass er einst ein mächtiger Zaubrer war. Nur noch wenige Worte von ihm sind überliefert, wenn Ihr mir also erzählen würdet, was ihr darüber wisst, würdet Ihr mir einen großen Dienst erweisen.«

Areidon hüstelte. »Wenn ich kurz stören dürfte?«

Lanmor schaute den Dwilish überrascht an. Er war es nicht gewohnt, unterbrochen zu werden, wenn er eine Unterhaltung führte. Doch nach kurzem Überlegen gab er mit einer Handbewegung zu verstehen, dass Areidon reden möge.

»Ich möchte nur anmerken, dass wir Euch eine gute Gegenleistung bieten könnten, wenn wir Euch alles über Dorines berichten, was wir wissen. Auch mir sind seine Werke nicht unbekannt und gern schreibe ich alles nieder, sobald Ihr uns im Gegenzug dabei helft, eine Passage nach Arida zu finden.«

Jetzt wurde es erst richtig laut in der Halle. Noch niemals hatte es jemand gewagt, Lanmor herauszufordern und ihm auf solch freche Art einen Handel vorzuschlagen. Einige schüttelten erbost den Kopf und andere riefen laut heraus, wie sehr sie entrüstet waren über das Verhalten eines Gastes des Rats.

Lanmor setzte sein Weinglas derart hart ab, dass es zu Bruch ging. Sofort wurde es still. Es schien, als wage jetzt niemand mehr gar zu atmen.

Mit einer kleinen Geste und einem leichten Flimmern setzte sich das wertvolle Weinglas von allein zusammen und stand nun wieder vor Lanmor, als wäre niemals etwas geschehen. »So so, ein Magier ist er also auch.« dachte Syrianna bei sich.

Ihre Gedanken schweiften ab zu dem Moment, als sie sich von Dylan verabschiedet hatte. Ihr war, als spüre sie seinen zärtlichen Kuss noch auf ihren Lippen. Es wurde ihr wieder warm ums Herz und in ihrer Magengegend zog sich etwas zusammen, einen Zauber zu weben.

Aus dem Weinglas erhob sich plötzlich ein feuerroter Drachen. Erst sehr zögerlich, dann mit hoher Geschwindigkeit flog er die lange Tafel entlang und wieder zurück direkt auf Lanmor zu. Links und rechts stoben die Menschen panisch von ihren Plätzen auseinander. Lanmor jedoch blieb ganz still sitzen und rührte keinen Finger. Erst als der Drache unaufhörlich auf ihn zuhielt, versuchter er gelassen, ihn mit einem Zauber abzuwehren. Das Entsetzen stand ihm deutlich ins Gesicht geschrieben, als er merkte, dass es ihm nicht gelang.

Erschrocken schaute Lanmor zu Areidon, wutentbrannt schaute dieser, was Syrianna dort trieb. Es schien ihm, als sei sie gar nicht Herrin über ihre Sinne. Sie wirkte völlig abwesend und trug einen Gesichtsausdruck, der Steine hätte zum Weinen bringen können. Schnell, aber leise sprach Areidon einen Zauber. Der Drache verwandelte sich zurück in Wein und landete als blutrote Lache auf dem edlen Tischtuch.

Mit einem sichtbaren Ruck kam auch Syrianna wieder zu sich. Sie zuckte zusammen, als sie das Unglück am Tisch sah. »Weshalb stehen alle? Was ist hier los?« Ungläubig sah sie sich um.

Im Gedanken sprach der Dwilish zu ihr. »Kind! Was tust du denn? Du bringst uns in Gefahr! Wir wollten unsere magischen Fähigkeiten doch für uns behalten.«

Syrianna schlug die Augen nieder. »Verzeih mir, Areidon, ich weiß nicht, was passiert ist. Ich habe nur kurz an Dylan gedacht und dann war ich wie in ein Loch gerissen. Alles um mich herum verschwand. Es tut mir leid. Ich wollte uns nicht in Schwierigkeiten bringen.«

Nur langsam beruhigte sich die Gesellschaft wieder und neben Lanmor standen von nun an mehrere bewaffnete Wachen, die Syrianna argwöhnisch beobachteten.

Sehr leise murmelnd wandte Lanmor sich an Areidon. »Noch niemals hat einer meiner Zauber versagt, geschweige denn hat jemand anderes solch eine Art von Magie wie Eure Schülerin hier dargeboten. Was sind das für Fähigkeiten, die sich von den unseren so stark unterscheiden, dass ich sie nicht beeinflussen kann? Ich möchte anmerken, dass normalerweise der Tod auf derartige Machwerke steht. Doch Ihr seid fremd und kennt unsere Gesetzte nicht. Deshalb will ich nochmal Gnade walten lassen. Allerdings ist unser Handel hiermit vom Tisch.«

Areidon funkelte Syrianna wieder böse an. Es bedurfte keinerlei Worte, um zu verstehen, was er ihr sagen wollte.

Lanmor fuhr fort. »Ihr werdet mich die Magie lehren und alles, was ihr darüber wisst. Außerdem sagt mir, was genau dies hier ist!« Lanmor zog ein Bündel unter dem Tisch hervor.

Syrianna stockte der Atem. Er hatte das Ei Salith! »Wo habt Ihr das her? Das ist mein Besitz!«

Lanmor neigte sein Haupt leicht. »Wohl wahr, es ist Eure, aber mir scheint, Ihr habt uns etwas verheimlicht. Ich spüre deutlich, dass dieses Ei kein gewöhnliches Ei ist. Es verströmt eine riesige magische Kraft. Ich kann nicht einmal erahnen, um was es sich handelt, doch ich denke, Ihr werdet es mir schon ganz bald mitteilen. Solltet Ihr Euch dagegen weigern, mir die Wahrheit zu sagen, werde ich...« Lanmor zog einen langen Dolch aus seinem Gewand und machte Anstalten, auf das Ei einzustechen.

Syrianna sprang auf. In ihrer rechten Hand hielt sie den Stab Celbin und richtete ihn direkt auf Lanmors Brust.

Nun war das Chaos perfekt. Scheinbar der gesamte Hofstaat flüchtete kreischend aus der Halle. Man fiel über umgekippte Stühle und trampelte übereinander. Stimmen riefen laut nach den Wachen. Edles Geschirr und Gläser gingen zu Bruch.

»Kind! Was tust du denn?!« Areidon musste ebenfalls schreien, damit Syrianna ihn hören konnte.

In ihren Augen blitze blanke Wut. »Ich habe mit meinem Leben geschworen, Salith zu beschützen, und von diesem Schwur macht auch dieser Mann hier keine Ausnahme!« Mit diesen Worten riss sie das Ei an sich und hielt Lanmor in Schach. »Ich bin die Hüterin des Ei Salith und niemand, auch Ihr kommt ihm nicht zunahe. Gebt uns augenblicklich freies Geleit und eine gesicherte Überfahrt nach Arida!«

Erstarrt und zitternd stand Lanmor nun vor ihr. » Ich, ich würde Euch ja helfen, aber ich kann nicht!«, stammelte er. Die Wachen in seinem Rücken hatten beim Anblick von Celbin die Waffen gesenkt. Niemand wagte es, Syrianna anzugreifen.

»Wieso könnt Ihr uns nicht helfen? Ihr seid doch des Rates Ältester? Wer, wenn nicht Ihr? Sprecht!« keifte sie.

Die noch verbliebenen Menschen in der Halle kamen langsam wieder zur Ruhe und man half sich gegenseitig auf die Beine. Aufmerksam verfolgten einige Mutige das Geschehen.

„»Verzeiht, die Welt von der Ihr dauernd sprecht, ist uns nicht bekannt. Doch muss es eine Verbindung geben, denn Ihr tragt den Stab der Macht. Bitte verzeiht, dass ich Euch Euren Besitz genommen hatte, doch die Neugier war größer als die Ehre. Bitte verzeiht mir. Ich will Euer Diener sein!«

Wieder ging ein Raunen durch die Reihen der Menschen.

»Syrianna, hör auf! Das ist der falsche Weg. Celbin ist keine Waffe für einen Angriff! Bitte Kind, so komm doch zur Vernunft!« Areidon sprach diese Worte so eindringlich auf eine Art, die Syrianna gut kannte. Er duldete keine Widerrede.

Sie überlegte einen kurzen Moment.

»Gut, so zeigt mir alles, was Ihr über längst vergessene Welten wisst und woher genau Ihr den Stab Celbin kennt!« Sie wandte sich vom Ältesten zu Areidon und wieder zurück. »Niemandem soll etwas geschehen. Wir fangen einfach von vorn an und tun so, als sei nichts passiert. Ihr helft uns dabei, nach Hause zu kommen und im Gegenzug berichten wir Euch von unserer Magie. Das ganze Prozedere soll völlig friedlich ablaufen, so dass niemand zu Schaden kommt.«

Lanmor trat einen Schritt auf Syrianna zu und verneigte sich tief. »So soll es sein.« Dann erhob er sich wieder und drehte sich zu seinem Hofstaat um. »Verlasst diesen Raum! Bringt mir die Magier und mit ihnen die alten Schriften!«

Mit einem Fingerzeig veränderte sich die Tafel und verschwand. Nur ein kleiner runder Tisch blieb anstelle dessen stehen, um den sich nun alle anwesenden versammelten.

Kaum dass sie Platz genommen hatten, öffnete sich auch schon wieder die Tür und einige Männer traten beladen mit Schriftrollen und riesigen Bücherstapeln ein. Sie verneigten sich stumm und legten die mitgebrachten Dinge auf dem Tisch ab.

»Ihr habt nach uns gerufen, ehrwürdiger Lanmor. Hier ist das, was Ihr gefordert habt und wie Ihr befohlen... « Abrupt unterbrach der Mann seine Ansprache als er Celbin sah. Er wurde blass. »Ich meinte natürlich, was Ihr gewünscht habt.« Seine Stimme zitterte und er sah sich hilfesuchend um.

Syrianna zog eines der Bücher zu sich heran und begann, darin zu blättern. Die Schrift war schwungvoll und klar, allerdings konnte sie kein Wort von dem, was hier geschrieben stand, lesen. Daher schob sie es weiter zu Areidon. Dieser nahm das Buch wortlos an sich, während er Syrianna noch immer sehr böse anschaute.

Eine Schriftrolle fiel Syrianna auf. Auf ihr war eine Karte gezeichnet und daneben einige wenige Worte. Ihr stockte der Atem. Verblasst in der unteren Ecke und kaum noch zu erkennen prangte ein Siegel. Es war das Siegel der Elemente! Sie selbst trug es auf ihrem Arm.

»Areidon, sieh her!« Sie zeigte auf das Siegel. Erstaunt nahm Areidon ihr die Karte aus der Hand und atmete hörbar aus. Auch Lanmor verstand durchaus, dass hier etwas Merkwürdiges vor sich ging.

Areidon versuchte, die Karte zu verstehen und glaubte schon bald, hier die Nord-Ost Passage zu erkennen. Demnach mussten sie sich im verbotenen Land befinden.

Langsam senkten sich seine Arme und die Karte entglitt seinen Fingern. »Kind, ich weiß wo wir sind. Wir sind im verbotenen Land und müssen so schnell es geht von hier verschwinden!«

Lanmor blinzelte den Dwilish fragend an. »Wieso sollte dies ein verbotenes Land sein? Wer oder was verbietet Euch Orsetin? Erklärt es mir.«

»Schaut her!« Areidon tippte mit dem Finger auf eine Stelle am unteren Bildrand der Karte, die eine Art Meerenge darstellte. »Dieser helle Fleck ohne Namen hier ist Arida. Wir nennen Euer Land ,verboten', weil einst vor hunderten von Jahren das Böse in Arida eindrang und Tod und Verderben mit sich brachte. Nur durch den Mut einzelner Magier und Elfen gelang es, das Böse zu bezwingen. Die Magier, Dwilish wie ich einer bin, entrissen der dunklen Macht den magischen Stab.« Areidon erhob Celbin sichtbar für alle. »Damals trug er noch einen Namen, der längst in Vergessenheit geraten ist. Die Dwilish und die Elfen nahmen diese Waffe an sich und bedachten sie mit einem Fluch, denn ganz zerstören konnten wir sie leider nicht. Seither können solche Waffen sich nur gegen Böses wehren und niemals mehr selbst Böses anrichten. Sie gehen von Generation zu Generation und niemand vermochte es über all die unermesslich lange Zeit hinweg, Celbin wieder zu aktivieren. bis meine Schülerin hier kam. Sie ist ebenfalls mit enormen magischen Fähigkeiten ausgestattet, wie Ihr gesehen habt, und dafür auserwählt, Celbin zu führen - wenn auch manchmal noch sehr unbedacht!« Areidon zwinkerte Syrianna zu. »Doch ist Celbin natürlich nicht der einzige seiner Art. Die Elfen hatten einst eine ebensolche Waffe der dunklen Macht an sich genommen und belegten sie wie wir mit einem Fluch. Diese beiden Stäbe sind bis heute Zeugnisse dessen, was damals geschehen ist. Das Dunkel zog sich hierher zurück und seither ist es verboten, dieses Land zu betreten. Es hieß, wer die Grenze überschritt, wurde niemals wieder gesehen. Das verbotene Land geriet somit in Vergessenheit. Das Dunkel aber existiert noch in Eurem Land und unlängst wurden wir auch von der dunkeln Macht angegriffen. Nur mit Hilfe des Stabes Celbin konnten wir lebend entkommen.«

Aufmerksam und still hörten alle zu. Lanmor begann als erster wieder zu sprechen. »Eure Geschichte ist sehr interessant und deckt sich mit unseren Aufzeichnungen. In unserer Welt ist der Stab etwas Böses. Einst, so steht es in den Schriften geschrieben, strandete ein Schiff an unserer Küste. Die Besatzung wurde von dunklen Wesen angegriffen und jegliche Hilfe unsererseits kam für sie zu spät. Ein einzelner Mann, der auf dem Meer trieb, wurde von Fischern gerettet. Er berichtete von einem Stab namens Celbin in einer anderen Welt. Seither wünschen wir, dass die Legenden um diese Waffe wahr wären, um das Dunkle hier zu besiegen. Es hat sich in den Norden nahe des tosenden Meeres verzogen. In schroffen Höhlen hausen die dunkeln Geschöpfe und greifen jeden an, der auch nur einen Fuß in ihr Reich setzt. Nur ein Narr würde dorthin reisen oder gar die Ufer des Nordmeeres betreten.

Aus den Aufzeichnungen geht ebenfalls hervor, dass einst die vom kleinen Volk hier an den Ufer Orestrins anlegten, doch keiner von ihnen gelangte lebend in die Stadt hinein. Ihr beide seid die ersten seit Generationen.«

Syrianna reckte sich etwas und obwohl sie bemerkte, dass es Areidon nicht recht war, wenn sie jetzt sprach, nahm sie sich dennoch das Wort. »Ich bin eine der drei Schwestern, die das Ei von Salith solange beschützen bis es schlüpft, wann auch immer das sein wird. Meine beiden Schwestern wurden von etwas entführt, das ebenso das abgrundtief Böse verkörpert und ich muss sie retten. Das Böse bedroht nicht nur unsere Welt, sondern auch alle anderen Welten. Seine Macht wird mit jedem Tag größer und sollte ihm das Ei je in die Hände fallen, ist es um uns alle geschehen. Salith vereint alles Wissen und alle Macht in der Magie, die wir kennen. Lanmor, ich wollte Euch Leid zufügen, doch nun biete ich Euch Celbin an, um Euch mit seiner Hilfe vor der dunkeln Macht zu schützen.«

Areidon sprang auf. »Kind, das geht nicht! Celbin muss bei mir bleiben.«

Syrianna schüttelte langsam den Kopf. »Areidon, so bedenkt doch: Celbin kann hier Gutes tun und wenn das Böse hier ausgelöscht ist, gibt es auch kein verbotenes Land mehr. Wir können die Welten zueinander führen, gemeinsam in Frieden leben, Handel treiben und Wissen teilen - ganz im Sinne der Festung der Flüche.« Sie wandte sich zurück an Lanmor. »Deshalb nochmals: im Gegenzug für Celbin gebt Ihr uns ein Schiff, mit dem wir nach Arida reisen können.«

Eine Weile schwiegen alle. Dann rief Lanmor seine Magier zu sich. Es schien kurz, als stritten sie miteinander, kamen dann aber zurück an den Tisch.

»So soll es ein. Im Tausch gegen Celbin bekommt ihr Geleit, Verpflegung, eine

Mannschaft und ein gutes Schiff, das Euch nach Hause bringt.«

Areidon verneigte sich vor Lanmor und beide reichten sich die Hand.

»Aber gebt acht!«, hob der Dwilish an, während er den Stab feierlich übergab, »nur wer rein im Herzen und ohne dunkle Gedanken ist, kann Celbin aktivieren, niemand anderes. Viele Jahre habe ich den Stab bewahrt und sein Geheimnis gehütet. Tut es mir gleich, dann wird auch der Frieden einziehen in Euer Land.«

Nachdem alles gesagt und alles beschlossen war, bemerkte Syrianna erst, wie müde sie war. Mit einem kurzen Blick aus dem Fenster registrierte sie erstaunt, dass der Morgen bereits graute. Sie hatten die ganze Nacht durch verhandelt. Kaum lag sie in ihrem Zimmer auf dem weichen Bett, schlief sie auch schon tief und fest ein.

Wieder saß sie auf dem riesigen Adler. »Ich bin stolz auf dich, junge Schwester! Du hast, wenn auch etwas unüberlegt, mutig gehandelt. Doch die Zeit drängt, du musst dich beeilen.« Vor ihren träumenden Augen spielten sich wieder die Kampfszenen ab, die sie schon einmal gesehen hatte, überall Leid und Verderben. Dann schob sich die hässliche Fratze des Greng über das Geschehen. »Ich werde dich finden und dann töte ich dich. Das Ei Salith wird mein sein!«

Syrianna schreckte mit einem spitzen Schrei hoch. Die Sonne schien durch die dicken Vorhänge, als würde das Licht sich verfestigen wollen. Abertausende Staubpartikel wirbelten im Schein umher.

Mit einem Satz sprang Syrianna aus dem Bett, wusch sich über der bereitstehenden Schüssel und zog ihre Jagdcorsage an. Das Kleid, welches sie von Lanmor erhalten hatte, packte sie sorgsam zu dem Ei in das Paket. »Wer weiß, wann ich so etwas nochmal brauche.«, dachte sie bei sich. In einer Hand ihre Armbrust und ihren Beutel geschultert lief sie zur Halle hinab, um dort Areidon zu erwarten.

Vor der Halle tat sich eine lange Schlange von Menschen auf. Alle gingen sie einer nach dem anderen hinein und kamen wenig später wieder heraus.

Syrianna schob sich an der Menge vorbei. Es wurde geschubst, gedrängelt und argwöhnisch betrachtet, doch als einer der Wachen sie erkannte, wurde sofort eine Gasse gebildet, durch die sie ungehindert eintreten konnte. Nun sah sie den Grund für den Menschenpulk. Wieder und wieder berührte jeder einzelne von ihnen Celbin in der Hoffnung, ihn zu aktivieren. Die Bewohner Orestins ließen wahrlich keine Zeit verstreichen.

Am anderen Ende der Halle bemerkte Syrianna Areidon, der sich intensiv mit einem der Magier unterhielt. Unter seinem Arm klemmten eine Menge Bücher und Schriftrollen. Vor ihnen ausgebreitet lag eine Karte.

»Ah, Syrianna, auch schon ausgeschlafen?« Wortlos gesellte sich Syrianna zu den beiden und schaute sich die Karte genauer an. Areidon erklärte ihr kurz die Route, die sie nehmen würden, um zurück nach Arida zu gelangen.

»Dylan hat mir von diesem Ort hier erzählt.« Sie tippte mit dem Finger auf eine Stelle, von der Areidon meinte, dass sie dort mit ihrem schiff anlegen würden. »Sein Vater hatte hier einst eine der zwei Hälften des Buches der Elemente gefunden. Es ist das Reich der Zwerge. Wie lange wird die Überfahrt dauern?«, fragte sie an den Magier gewandt, von dem Areidon die Karte bekommen hatte.

»Ich denke, es wird sicher einige Wochen dauern. Genau kann ich das nicht sagen, da alle Entfernungen nur auf Schätzungen basieren. Niemand von uns war jemals in Arida. Bisher war Euer Land ein Mythos.«

RÜCKWEG

Es regte sich kein Lüftchen. Die Sonne brannte erbarmungslos auf die Köpfe der Besatzung und die Segel hingen wie nasse Tücher schlaff herab. Vor zwei Tagen verlor der Wind kontinuierlich an Stärke bis er schließlich ganz zum Erliegen kam.

Es war gegen Mittag als Areidon in Richtung Orestin zeigte. Bedrückt schauten sie alle auf die schwarzen Wolken, die sich dort am Himmel abzeichneten. Der Kampf schien begonnen zu haben.

Erst spät in der Nacht hörte man wieder das Schlagen der Segel. Das Schiff bewegte sich erst langsam durch die Wellen und nahm dann doch immer mehr Fahrt auf.

Am Morgen wurde der Wind so stark, dass der Kapitän befürchtete, der Hauptmast könne brechen. So ließ er alle Segel raffen und nur ein Sturmsegel setzen. Das war kein einfaches Unterfangen, aber die erfahrenen Männer an Bord kletterten trotz des tobenden Sturms in die Wanten, als hätten sie nie etwas anderes in ihrem Leben getan. In schwindelerregender Höhe holten sie die Segel ein und kaum war das letzte Tuch befestigt, richtete sich das

Schiff wieder auf und das Focksegel tat seine Arbeit.

Danach blieb die Überfahrt weitestgehend ereignislos. Syrianna nahm sich Zeit, die Sprache der Mannschaft zu erlernen, indem sie ihnen abends beim Würfelspiel ihre Heuer abnahm. Areidon sah das nicht so gern und schalt sie deshalb. Ab und an ließ sie dann einfach den einen oder anderen Matrosen beim Spiel gewinnen.

Über die Tage hinweg freundete sie sich mit den Männern an und verschaffte sich Respekt bei denen, die glaubten, eine Frau habe an Bord nichts zu suchen und brächte nur Unglück. Das blaue Auge des Steuermanns zum Beispiel zeugte eindeutig von ihrem Durchsetzungsvermögen.

Wochen waren nun schon vergangen und noch immer war kein Land in Sicht. Die Vorräte gingen zuneige und das Trinkwasser wurde brackig. Jeder Tropfen Regen, der fiel, wurde gewissenhaft aufgefangen. Einige der Matrosen versuchten sich im Fischfang, doch die meisten der Tiere, die sie fingen, waren viel zu groß, um an Bord gehievt zu werden oder einfach nur ungenießbar.

Die Stimmung sank von Tag zu Tag. Selbst die allabendliche Ration Rum und das Würfelspiel wollte der Mannschaft nicht mehr gefallen.

Syrianna scheute sich nicht davor, an Bord zu helfen. Sie wollte einfach nur schnell vorwärts und wieder festen Boden unter ihren Füssen haben. Ihr war schon längst egal, welchen. Sie war nicht geboren für die Seefahrt, das wusste sie und so zählte sie wie alle an Bord schon die Tage und hoffte darauf, dass der Mann am Ausguck endlich das ersehnte Land ausrief. Aber nichts passierte.

Mehr als die Hälfte der Mannschaft war bald erkrankt und auch Areidon lag mehr in seiner Koje, als dass er oben an Deck zu sehen war. Syrianna kamen Zweifel daran, dass sie jemals die Ufer von Arida erreichen würden. Niemand hatte mehr Lust auf Spiele oder eine Unterhaltung. Die Stimmung war so schlecht, dass auch Syrianna lieber für sich blieb.

Einige Tage später saß sie an ihrem Lieblingsplatz direkt am Bug Spier und blickte auf den Horizont, der immer wieder vor ihren Augen auf und ab sank. Eine Möwe, die sich direkt vor sie setzte, einen kleinen Fisch ablegte und genüsslich verspeiste, riss sie aus ihren Gedanken. Hastig drehte sie sich um, kniff die Augen zusammen, um am Horizont doch noch etwas anderes als die Wellen auszumachen. Aber nichts.

Zurück am Bug war auch die Möwe wieder verschwunden. Nur noch die angetrockneten Schuppen des Fisches lagen schimmernd auf dem Holz. War sie die Einzige, die den Vogel bemerkt hatte?

Dann schlug die Glocke wie wild und der Mann im Ausguck rief mehrfach »Land in Sicht! Land!«

Jeder, der sich bewegen konnte, begab sich an Deck und suchte den Horizont ab. Später erst konnten sie mit dem bloßen Auge eine sanfte Linie erkennen. Es würde noch eine Weile dauern, bis sie vor Anker gehen konnten, aber es war Land.

Hoffentlich war es das ersehnte Arida! Für Syrianna gab es jetzt nur noch ihre Schwestern und den Greng.

ENDE TEIL I

REGISTER

Adam » junger Magier
Areidon » Dwilish, magisches Wesen
Arela » verfluchte Echse / Felsendrache
Aron » König von Ellion

Bradach Malkier » Adams Vater
Brogar » Zwerg aus dem Schwarzfels

Dorines » Dichter, Abenteurer der Vorzeit
Dylan » Sohn von Emiliana und Adam

Edgar » Katze des Bibliothekaren Norilon
Elain » Letzter der Fatua
Elodiron » König der Elfen
Emiliana » Elfe und Gefährtin von Adam
Enga » Zwergin vom Schwarzfels

Fangar » Spion in Ellion / Diener von Zoria
Farion » Erzähler
Fatua » ausgestorbenes Volk der Welt
Sandria
Firyth » „Schwester"

Galok » dunkler Magier
Gomar » König von Isir

Gorm » König der Zwerge vom Schwarzfels
Greng » Mischwesen aus Mensch und Baum

Harok » Eisenzwerg

Laessa » „Schwester"
Lanmor » Ältester von Orestrin
Largo » Diener / Vertrauter König Marims
Luana » Tochter von Emiliana und Adam

Kenlad » Elfenkrieger
Kisdra » Königin von Milad
Krüell » kleine drachenähnliche Wesen

Mandara » Emilianas Urgroßmutter / Elfe
Marget » Bauerntochter mit mag. Kräften
Marie » Wirtstochter in Grywald
Merin » Matrose

Nalani » Kriegerin / Tochter des Elfenkönigs
Neldor » Ältester der Dunkelelfen
Norilon » Bibliothekar der Elfen

Olidir » Ältester des Rates der Magier

Pergen » ehemals Mitglied im Rat von König
Marim / Spion von Zoria

Ralin » Eisenzwerg
Rocknack » König der Eisenzwerge

Samlin » Matrose
Sven » Soldat / Hauptmann aus Ellion
Syrianna » eine der Schlüssel / Dylans Braut

Tamiyr » Lehrling von Olidir
Tinus » Soldat aus Ellion

Zoria » dunkle Magierin

....

WELTEN

Arida » hier spielt die Geschichte
Felona » Parallelwelt zu Arida
Sandria » Welt von Mandara
Myron » Heimat der dunklen Wesen u.a.
  der Dangan